偶得

埼玉　著

团结出版社
UNITY PRESS

图书在版编目（CIP）数据

偶得 / 埼玉著. —— 北京：团结出版社, 2020.7

ISBN 978-7-5126-8018-0

Ⅰ. ①偶… Ⅱ. ①埼… Ⅲ. ①随笔—作品集—中国—当代 Ⅳ. ①I267.1

中国版本图书馆CIP数据核字(2020)第109454号

出　　版：团结出版社

　　　　　（北京市东城区东皇城根南街84号　邮编：100006）

电　　话：（010）65228880　65244790

网　　址：http://www.tjpress.com

E-mail：zb65244790@vip.163.com

经　　销：全国新华书店

印　　刷：北京虎彩文化传播有限公司

装　　订：北京虎彩文化传播有限公司

开　　本：144mm×208mm　32开

印　　张：7

字　　数：135千字

版　　次：2020年7月　第1版

印　　次：2020年7月　第1次印刷

书　　号：978-7-5126-8018-0

定　　价：98.00元

致 谢

Summer Ying，感谢你的无私的付出，感谢那些时间和精力
Masterhunter
南晓南
FrannyBao
小林
LucaHuang
潘琛
又右耳喜人
丁伟民
Firefly- 盛夏
胡光玮
东东
Zhangoece
Chao R
姚远
马小荣
李艾蔚
慕小汀
淤晖
签钧
朴炳旭
TonyDu
李柏宁

感谢大家，没有你们就没有这本书

To readers

Be yourself，be a keepbettering one

目 录

001–On Pricing–01162017

假如不能看深，那就看远。

Part I– 真正的美好和归纳法无关

世界上真正的美好，比如意志，爱，眼光，想象力，等等，都是无法 Weigh 的。

神评价爱用强度而不是多少，

因此，

只要是能量化的，都和真正美好无关；只要是能称量的，都和对错这种大是大非无关。

因此，

对人类真正重要的东西，是不可数的那些东西，量变不会引起质变，就像三万个臭皮匠也顶不过一个诸葛亮。真理都是唯一的，比如毕加索，乔布斯，马拉松…，都是无法模仿，无法复制，都是个人主义的极致体现

因此，

好就是好，便宜就是便宜。蠢人有了钱，会成为有钱的蠢人，不会自动自发的就有能力产业升级，获得文明。

因此，

做选择权的卖方天然不值得，因为选择权也好，生意也好，本质都是《Zero to One》[①]，而所有伟大的生意都是拼好，不是拼便宜；都是考量强度不是多少。是定性不是定量，是大是大非而不是苟且。

Part II– 实体经济中的买卖，金融市场上的多空，本质都是对一样东西的定价

在实体经济中，最麻烦也是最重要的事情，是定价。

比如，作为自然人可以选择和自己喜欢的人交往，但只要开了公司，那么你就没法拒绝客户，唯一的方法只有定价，即通过定价留下你想要的，排除掉你不要的。但是供需决定价格，你必须理解自己所提供的商品或者服务的规则，即弹性，否则价格定高了，把你想要的客户过滤掉了；价格定低了，吸引来了你不想要的客户，从经济学角度形成租金耗散，而且是对你真正的客户的一种伤害。

---

① 《Zero to One》，是彼得·泰尔在斯坦福讲授"初创企业"这门课的视频和讲义的课程笔记的摘编。

金融市场则完全不同，比如期货，因为在期货市场针对某一样标的物的买卖，实际上做的就是定价，这个是你买卖的本质。定价，即所谓的市场定价，即由市场经济这个机制，让市场上无数的买方卖方自己决定，自由买卖，自由定价，最后的价格是最终的果。

当在期货市场上定价（买卖/多空）的时候，和实业的不同是：

1. 你可以自由通过平仓重新定价，理论上你可以定价无数次；

2. 你有人可以模仿，即追涨杀跌。

而在实体经济上，挣钱的都是做拼好的，而做拼好的特点就是无人可以模仿，都得自己首创，而且无法频繁定价，因为原则上就做不到。

Part III– 我们应该干什么？

对实体也好，对金融市场也好，我们到底在干什么？既然我们知道了美好和归纳法无关（投资是艺术不是数学），那么：

1. 实体的买卖，金融市场的多空，都是对某一样东西的定价；

2. 但以上这两条看上去是否又互相矛盾？

不，这恰恰说出了生意世界，以及整个世界的真理，即，我们每个人，每天都在定价，但是我们应该做的，也唯一能够做到的，是定价对错。因为：

1. 对错是大是大非，它本身和归纳法无关，换句话说，你并不可能知道（预测出来）具体哪个价格；

2. 你不断做的是对某样事物大是大非的定价。

比如，你认为一样东西供需决定价格，而其供大于求，却一直上涨，那么你认为大是大非上它方向上不对，那你就去定价它（空它），你能保证的是你空它这件事你做的是对的，而你无法知道具体哪个价位，即大是大非的事情无法把握时机，也不需要把握时机。

你唯一能做的就是拿出钱来，自己设计个方法，定价对错，而这个世界上最好的方法，就是用选择的方法做你认为对的事情，然后让时间说话。

Part IV 真正的生意

有句话叫，能拿钱买到的东西都不值钱。

有句话叫，做生意只能做有钱人的生意，因为只有有钱人有钱。

因此，

做生意只能做拼好的生意，即：

1. 无法用归纳法衡量的；

2. 买的人无论多贵都嫌便宜的；

3. 买的人买后计入资产负债表资产项的；

4. 需求弹性小的；

5. 服务而不是商品，高端服务而不是低端服务。

总之，做给予的生意，从某种角度讲，做神做的生意，做有无的生意，把多少的生意留给别人。

002-On 不对称 -09032017

互联网消除了信息不对称，AI 消除了体力不对称和智商不对称，自动化消除了纺织工人……

再想在这世界有口饭吃 ， 就得靠思想不对称了。

即，基础知识，演绎，想象力的不对称。
即，三观的不对称，意志品质的不对称。
即，家教的不对称。

那么，家教的定义到底是什么呢？

003-On 服务 –12222016

GDP 是一定时空内企业给全社会提供的最终商品和服务。

时代，从诺斯的定义看，是指商品与要素、商品与服务，要素间、商品间的比价关系的变化，不可阻挡。

中国要经历的是要素中的劳动力 / 资本的比例变大，劳动力 / 土地不断的比例变大，服务 / 商品变大，

而在服务中，文化教育娱乐医疗保健是高层级服务业，而餐饮归属低层级服务业。所以在这个时代，做餐饮是不经济的，因为投资本就是在时代的基础上上杠杆。

一倍杠杆是保值，二倍以上是赚钱。

004-On 勤奋 –08262017

勤奋，每个人嘴里都说，但是却不知道定义是什么？当然还有从字典里查的，那还不如不知道。

勤奋 = 不浪费时间

人，不得不勤奋，因为勤奋无可替代。

005–On 冷漠 –10132018

现代社会的特点是文明程度高、个体更独立、更自我，外在表现形式是冷漠、独身，同居的多，结婚的少。

很多人不理解这里面的道理，有个解释是：平台类的东西的魅力是，享受便利的同时放弃了隐私。当然，这个解释很多人还是没法把握到，所以这里用城市化为例讲这个道理。

在很久以前，刚刚城市化的时候，每个从大杂院搬到楼房的人都会抱怨，住楼房上火，不接地气，厕所盖在房间里，最抱怨的一点是楼房内的冷漠。

冷漠是一种感官认识，对文明程度高的人来说，这种距离感意味着舒服；对于文明程度低的人来说，距离感意味着不舒服。

因此，城市化的演进过程中就发生了两个分支，一个是正向城市化，农民变市民，文明程度升级，从农村的人情社会，人与人的关系（需要中间人／间接关系），变成了人与法的关系（直接关系／契约关系），因为法是价值尺度，不会变来变去，而人则会变来变去，又因为没有规则就没有资产，所以城市比农村富裕，人类历史是城市化的历史，道理在这里。

另一个是逆向城市化。农民进城变城市为城中村，因为城市是个开放系统，农村是个封闭系统，所以逆向城市化的本质是封闭系统的扩张。

再拔高一点，要关注一个人的思想，而不是头衔（杜克大学校训之一），演绎一下放在这里是，判断一个系统（国、人、企业）是开放还是封闭的标准是：

1. 价值尺度是规矩还是人情，有没有价值制度（价值观）。因为没有规则就没有资产，即对一个人来说，没有底线的人一文不值。
2. 初心是为了面对不确定性还是获取确定性。
3. 自己的还是从众的。

006–On Get attention–09032018

每个人都想"吸引眼球",而在互联网时代,赋予了每个人"吸引眼球"的便利,所以每个人"吸引眼球"的方法也各有不同。

有的哗众取宠,有的碰瓷大 V 或敏感事件,有的评论攻击,有的弄几个时髦的字似是而非……本质上,这都是属于想"印自己的眼球"的模版,道理等同于生意上的"直接印自己的钱"的模版,第一脚就走偏了。

实际上,最公平和正义的"吸引眼球"的方法反而不是为了"吸引眼球"而做些什么,而是让自己既稀缺,又有用,终极目标是让自己说的话、给予这个世界的东西既有用又有意义,自然就"吸引眼球"了。

007–On 对孩子说 –01292018

对人来讲，财务上的小目标，即从 0 到 1，是指：

1. 300 万人民币（购买力）；
2. 每年 10% 投资回报的能力。

因为，这意味着到哪里都能活，都能干自己喜欢干的事情。

008-On 人只能在自己的审美上限以内欣赏美 –12182018

人只能在自己的审美上限以内欣赏美。

人的穿衣吃饭、职业、伴侣、朋友、读什么书、关注什么人，乃至人的一生都是由这一条决定的。

所以，重要的是持之以恒的不断的提高自己的审美上限。

009-On 不朽 –09262017

每个人都想不朽，尤其是手里资源及禀赋控制得越多，越想不朽，比如古代帝王。

不朽有两条路：

有的人通过活出人生的意义，通过做伟大的事情，实现不朽。

有的人通过各种各样的高科技延长活着的时间，比如基因或者 AI，类似古代帝王高科技炼丹，本质上是僵尸化。

但实际上，僵尸化是愚蠢的，因为，历史并不记录时间。

010-On 文明 VIIII-11142019

文明分高低，文化分异同。

这个大家都慢慢理解了，

然后第一反应是：

去低层级文明赚钱，在高层级文明生活。

但是，

为什么不在高层级文明赚钱，在高层级文明生活呢？

011-On 杠杆 -06072018

花钱和花时间总得选一个，就像投资钱和投资时间总得选一个。

在资产（时间／精力／资本）中，时间是最高层级的资源，即最大的杠杆。

因此，在投资的时候，你或者上时间杠杆，或者上资金杠杆，总得选一个，而且，正如杜尚说的，你选择了一件事，就是拒绝一件事，这是一回事。

换句话说，只要你选择长线投资，就不能上资本杠杆。

012-On 从众 –03022017

如果全世界所有人都说一个人是蠢货，你大概率就认为他 / 她
是蠢货。

如果全世界都说你是蠢货，你也认为你是蠢货吗？

这是归纳法的软肋，它自我逻辑不自洽。

013-On 痛苦 -08172015

每个人如今都说自己很痛苦，卡尔波普尔说，讨论东西之前需要先定义一下，所以说，何为痛苦？

人生很漫长，一次性的打击无论多大，只要你没死甚至还全须全尾，那就不叫痛苦，那叫磨练，类似于一个大坑，只要能扛过去就赢了，而且会更加强壮。

真正强大的定义不是你能创造多少辉煌，而是能扛住多少打击且坚持自我继续前行。

真正的痛苦是在你死之前都伴随着你的那些疼，因此真正的痛苦叫"生不如死"。

卡尔波普尔的试错乃至排除的意思就是，追求真理的过程是试错前行的过程，迈左脚就是痛苦，迈右脚就是快乐，但是只要你想往目标方向走路，你就必须一步步迈出去，单腿蹦是哪里也去不了的。

而左脚就是犯的错误，右脚是纠错。

区别在于你是把错误变成你成功的一部分还是把成功变成你失败的一部分呢?

抑郁症就是能让人生不如死的一种毛病，其原因是得病的人有可能追求太多而得不到满足，因此从这个角度讲，治疗抑郁症的方法就是寻找快乐。

猪从不抑郁，是因为猪的快乐很简单，鱼也很少抑郁，因为记忆只有 7 秒。

没有付出就没有回报。

别说自己很痛苦，那只能说明你没有能力战胜它。

从某种角度讲，人生而抑郁，因为自打一出生就在寻找快乐，登珠峰、跑马拉松、2 小时 1000 个俯卧撑等等，都是通过设立更高的目标、通过自己的努力完成它，得到更高等级的快乐，从而战胜更高等级的抑郁。

有人说人最恐惧的是没有了方向，无论是做事情，还是做人，这个才最痛苦。

40 岁男人一般有中年危机时，靠哈雷摩托或者信佛之类的，就是为了寻找方向，然后快乐的。

那，朋友，你的方向到底是什么呢？

你快乐吗？

014-On 道理 –10172018

穷人可以孤注一掷，不可以小赌怡情。

因为：

孤注一掷从哲学上、经济学上、行为心理学上，都站得住，是个看涨期权；

小赌根本不配，因为人只能拿固定化收入 – 固定化支出 = 盈余来投资，

而投资的定义是扔了沉没成本，强逻辑下赌盈亏比。

015-On Call 规则 -12252019

投资规则有的时候需要很长时间证明自己对，有的时候不需要。

即，时间的长短也是开放随机不确定的；

即，分辨投资还是投机，看是否是投资规则，和时间长短无关；

即，时间长短和对错无关；

即，一件事情正义与否取决于做的时候，而不是结果（时间和空间）；

空间和时间都是随机分布的，即，是否正义和验证时间长短无关；

即，空间和时间，是两个维度的随机开放不确定，即当投资（投资规则）的时候，很有可能一上来没花时间就对了（赚钱），比如投资 601088，或者是要经历很长时间，比如 2018 的买入原油的看跌期权和在非理性下跌中投资中国。

即结果不是判断投资投机依据，而对那些没怎么经历时间就赚钱的结果，看上去很像把握时机，而本质上完全两回事；

即，长线短线是个伪命题；

即，分辨投资还是投机不是由时间和周期决定的，而是由是否投资规则决定的。

016-On 稀缺 & 有用 –02232018

对每个个体来说：

1. 如果你没用，那么你没饭吃；

2. 如果你有用，但不稀缺，那么你有饭吃，但是你的工资是
   由和你一样的别人决定的；

3. 如果你稀缺而且有用，那么你既有饭吃，你的工资也是自
   己说了算。

所以，重要的是有用，有用是有无问题，稀缺是多少问题。

翻译一下，供需决定价格，最终，需求决定价格。

对人生来说，

支出端都是计时工资，收入端都是计件工资，

无论是虚拟世界还是现实世界。

而互联网世界既包括虚拟世界又包括现实世界，

　　因此，这个世界流行的货币要具备一个能力，即能够同时作为支付手段，让人能够在现实世界购买 CPI 满足衣食住行，也能在虚拟世界买一把神兵利器，或者一座宫殿。

018-On 文明 III-01292019

人只能取悦自己审美上限以下的本阶层内的人群。

哲学角度讲，一个影视作品即一个审美上限，它只能吸引在它之下的人群。

比如，宝莱坞只能吸引在宝莱坞审美上限以下的人群；
比如，叔本华只能吸引在叔本华审美上限以下的人群；
比如，投资机构的研究报告只能吸引在其审美上限以下的人群……

每一个艺术类都是。

又因为，文明是割裂的，思想是指数的、跳跃的（即内部是分层的，之间是隔断的），
所以，这不意味着审美上限最高的就会吸引到在它之下的所有人群，它只能吸引到在它归属的那一层（阶层）的人，

比如，权力的游戏类吸引不到广场舞类。

因此，艺术类（知本 / 文明）的生意（企业）发展的好坏直接取决于每个经济体的文明程度以及结构，

比如，小品类的听众的时空分布。

而且，艺术类沿着"德拉肯 – 马斯洛"向上跳跃，需求收入弹性增大。

由于世界观的不同，即不是所有的文明都能够理所当然的随着时间不断升级和前行的。

因此，如果没有能力一眼看穿一个时空的世界观，那么还可以通过研究知本行业的整体现状，来判断世界观。

019-On 演绎法 VS 归纳法 –11252017

前者研究规则本身以及改变，后者研究规则下资源配置最优，即产出最大。

这是两种看世界的态度。

比如，以佛为例：

当遇到这种问题的时候，

归纳法会去追问、研究，有佛吗？

演绎法只会问，如果有佛，怎么办？

020-On 人 –06292017

人的思想是分层的：

1. 能识别什么是对什么是错的——这个层次叫明白人；
2. 能不做自己认为不对的事情的——这个层次已经是谷歌了；
3. 做自己认为正确的事情，让时间说话的——这个层次就是神了。

对人来说，你信仰什么你就是什么，而你的信仰就是你的三观。

动物没有三观，动物只有本能。

021-On 有些时空 –12092019

在有些时空，投资要关注宏观和行业，

要做"宏观 – 资产配置"，结合非理性下跌时建仓＆长线投资，偶尔季节性＆信贷周期交易。要忽略创始人或者管理团队等等，即忽略人的因素。

在有些时空，创始人的水平高于企业，因为企业是其世界观的果；

在有些时空，创始人的水平低于企业，因为都是运气。

022-On Ratio Trade-02062017

投资"比例关系"的本质即资源配置。

即在商品之间、服务之间、商品和服务之间、要素之间、商品服务和要素之间，以及要素内部的各个比例关系，而时代的意思是指比例关系的改变。

计划经济是指由人决定的比例关系，市场经济是指由市场最终决定比例关系。

前者是用归纳法预测、操盘、坐庄等等，后者是按照基础知识和演绎，做正确的事情，长线投资。

张五常认为弹性的重点在于定性，比例关系也是如此，只有方向，无法定量。

后者天然赢。

023-On 弹性 -02132018

一样东西的弹性在时间框架内，远期比近期更富有弹性，所以才有买近卖远的手法，比如 WTI1803（西德克萨斯原油 2018 年 3 月合约）/WTI1812（西德克萨斯原油 2018 年 12 月合约）

而实际上，这个多空组合 = 买入西德克萨斯原油 2018 年 12 月合约的看跌期权。

而且节省 50% 资金。

024–On 精力 –12102019

精力的恢复需要：

严格的、充足的睡眠；

健康的、丰富的饮食；

适当的、合理的运动。

025–On God–04232018

狭义上，是指新约旧约里的那位，或者奥林匹斯山上的很多；

广义上，是你心中信仰，是你自己。

026-On 人生的几何形状 –Draft–10292019

人生如花，人生如画。

高中最难的课是代数和几何相结合的课，对我而言，这是数学的全部，全部的美。

我用这个当引子，讲个道理：

Part I

逻辑的意思没那么高大上，逻辑的本意是推理，即理解规则使用规则的能力，即学习本身的能力。成为一个明白人，不用去学逻辑学，什么交集并集，更不用拿辛苦钱养知识付费类……

而且，没有规则意识的人就没有逻辑思维能力，这是一回事，

所以，逻辑的最基本的东西你先得弄明白，

原因到结果中，原因即规则，即规则决定结果。

明白了这个最基本原则，你就可以随意演绎了，而你演绎就是代数的真髓，即用公式来表达因变量和自变量的关系。

比如，学习成绩＝学习函数（时间管理、智商、超前学习），然后你就可以把学习成绩打在直角坐标系上了，即学习成绩的几何形状。

很多父母和孩子都很着急，某一科目、或者整体成绩不好，那么最好按照这个思路，三个人坐在一起，好好想想。

而且，忽略因变量，而要抓住自变量和公式本身，而在自变量中，忽略无法改变的比如智商，抓住时间管理和超前学习，以及如何权衡取舍（学习函数）。

比如，某一科目英文。父母本体具备了这个推理能力，在这个之上再拔一下，

即，学习成绩取决于学习本身的能力，而学习本身的能力，即理解规则和使用规则的能力。

那么对英文来说，规则就两条：
1. 单词和语法；
2. 文盲的定义是不会读写的人，而不是不会听说的人。

而且，把考试内容分解一下，理解规则方面，一般考挑错、判

断、阅读理解；使用规则方面，考完形填空，以及写作。

那么一切就都简单了，把单词四六级买一本，把薄冰赵德鑫合著的那本语法书买一本，就可以自学规则了，同时每天定时看有中英文字幕的英美剧，简单易行。

踩偏的路就是花大把辛苦钱，报那些网络版拼便宜的 1 对 1 口语班类，最后孩子的时间浪费了，基础打偏了，没准还被人家把钱骗了……

而且，口语是个熟练工种，把会读写的人扔到英美，半年都用不着，就什么都会了，而且，美式胡同英文你想学吗？方言发音严重类英文想让孩子学吗？

能读写的哑巴能得诺贝尔奖，说一口流利英文的文盲连路标都不认识的。

父母的钱是有限的，孩子的人生是有限的，别虚度。

连彼岸马拉松半马 0 到 1 的这项运动都是如此，有的 11 周，有的 16 周，只要理解规则使用规则，就可以轻松地完成了。

Part II

死之前，复盘的时候，看看自己的坐标系是二维的，还是多维的；自己的几何形状是平面的，还是立体的，是个啥？

这是个非常有意思也非常有意义的事。

那么既然明白了 Part I，就应该明白，人生的几何形状是由公式、自变量决定的。

我们拿曼昆的经济学供给侧（长期）表达式来表达：
$Y=AF$（L,K,H,N），即一国经济的几何形状是由
A：全要素生产率
F：函数
括号内为资源禀赋

这个表达式是从索洛模型升级而来的，即 $Y=AF$（L，K）。

它们表达了一件事，即经济不是加减法，凯恩斯那套不合适，经济的产出是由在一定全要素生产率下如何配置自身资源禀赋（自变量）决定的，

即重点是：

1. 如何配置，即配饰函数，有的是加减法，有的是乘法，有的是指数……

2. 资源禀赋

学过代数的都懂得，在自变量和公式本身中，显然公式本身更重要，

即，学习方法决定一切。

而且，自变量无法改变或者是先天的，是靠别人的，而学习方法是可以学习，可以进化，可以创造的，可以靠自己的，可以自己把握，可以自己说了算的。

什么叫别让孩子输在起跑线上？不是自变量，而是学习函数。

道理等同于，一个蠢货，给了钱，就会变成一个有钱的蠢货。

我们在这个的基础上再拔高一层：

人生 =AF（T，R）

A：创新

F：公式，即世界观和制度配套

T：时间

R：资源禀赋

比如，如果一个人的世界观和制度配套，也就是公式是：人生 =2^(RT)，那对他来说，一生所做就是：做正确的事 & 长线投资。

Part III

无论是《Zero to One》里提到的有的经济体发展是水平、有的经济体是垂直向上的，还是基辛格偶然露出的一句话所说的，或者是德鲁克的整套思想、波普尔的哲学、弗兰克尔的心理学，甚至是凯恩斯，都突出了一点，即思想决定出路。

你的思想决定了你的函数，你的函数决定了你的人生的几何形状，

这个才是做你自己的本意。

做你自己之前先要定义你自己，

人生是创造，不是拥有。

待续……

让他 / 她具备识别好坏善恶的能力——哈佛校长的意思；

让他 / 她具备学习本身的能力，即学无师——耶鲁校长所谓通识教育的意思；

让他 / 她具备依据有无，对错，多少的排序做人生决策的能力——WeBetter 的意思；

让他 / 她具备走到全世界哪里都不受时空限制的，插根网线就能活的能力——投资的意思。

028–On Fund –07172017

有的基金挣相对收益，是成为市场，或在市场的基础上加杠杆；

有的基金挣绝对收益，是脱离市场，成为 Outlier（此处翻译为俯视者），或为市场纠错；

哲学上讲，后者是用宏观的眼光，挣微观的钱，类似于下棋，功夫都在棋盘之外。

029-On 基础知识 – 套利，套期保值，对冲 –06142017

套利：同种东西不同空间的价格差异，即贸易。

套期保值：用金融衍生物，无论是期货还是纸货，对同种东西进行套保，获取固定化收益或者固定化损失。比如原油燃料油成品油上的转月。特点是：同种物品，方向相反，同时成交（主动套保），而不同时成交的，叫被动套保（比如对库存）。

对冲：针对的是系统性风险，比如资产组合里有苹果、脸书、谷歌的同时，买入标准普尔期货的看跌期权。

目标和意义是不同的。

030-On 不惑 -12062015

人生如买入看涨期权。

Case1- 马拉松

人想跑马拉松，分别问 A 和 B，其中 A 跑过马拉松或者没跑过马拉松，B 跑过马拉松。A，B 的回答如下：

A：你每天跑 10km，周末休息，坚持 6 个月，大概率能跑个 42 公里（全马），注意，跑前跑后都拉伸，前脚掌着地。

B：你和我一起报名，到了比赛日，我带你跑，我怎么跑，你就怎么跑。

结果显而易见。

无论 A 是否跑过马拉松，他说的都是对的；B 即使跑过马拉松，他说的也是错的。

深层次的道理是，A 做的是基础教育，老师不见得是富翁是传奇，但是他的方法可以创造传奇，这个是老师的意义，也是基础教育的意义，从经济学，社会学角度讲，这个叫自然分工。马拉多纳是最好的球员，但是失败的教练。B做的是成功学。

此例还说明，正教都是告诉人正确的原则和流程地教，非正教都是一上来就许诺结果地教。

Case2- 教育

人从小到大，上学上到大学，学的到底是什么？

是不应该干什么，而不是能干什么。学的是人类几千年积累下来的经验教训，人走进社会前，知道了什么不应该干，而走入社会后，自己去闯自己的未来。因为基础教育做的就是告诉人不应该干什么，这样节省了每个人、也就是全社会巨量的试错成本，包括资金、时间、精力等等，所以才是至关重要。

而基础教育就如同买入看涨期权的权利金，而收益是开放随机无限的。

因此《思考力》这本书里说，学校是个封闭体系，教的是实现力，而社会是个开放体系，要会思考力，也是这个意思。

举例到研究员，经济学家来说，好的策略是告诉你不应该干什么，这样的话，即使你原来的胜率是50%对50%，告诉你不应该多，或者空，那么胜率就变成了75%，而胜率从50%到75%，ROE

提高的是层级。

而不专业的策略是告诉你应该干什么，而这违背了经济学原理，因为看涨期权坐标轴下面的权利金这部分有可能能计算出来，因为是封闭的。而上面这个可能上涨空间是开放随机遵守幂法则的，没法计算。

Case3– 法律

法律是底线，现代化、城市化，就是从熟人社会的人治到陌生人社会的法治转变的过程。

社会治理中靠法治，本质是靠规定人们不应该干什么，其他的法律没有规定的，人们随意，这样整个社会才会生机勃勃。而且无论什么样的法典，规定不应该干什么是简单的，如同权利金，而规定人们干什么是不可能的，因为太多了。自贸区作为二次改开的探路石，也是这个意思，即法无禁止皆可为。

Case 4– 经济

经济体由三个部门组成，家庭、企业和政府。其中家庭负责消费，以及提供要素即资本、土地、劳动力。企业负责经济，即GDP，即向全社会提供最终商品和劳务。政府提供公共产品供给（基础设施、国防、安全等等）。

经济是常识，在希腊文里，是指管理家庭的人，也就是在限定条件下最优配置资源产出最大化的学问。因此，无论家庭、企业，还是政府都需要经济能力，并不神奇。

《经济学原理》告诉我们，政府、企业、家庭三者分工不同，做了不应该做的事情，都会造成资源的错配，经不起时间的检验。

如果三部门各司其职，一个经济体，一个文明，都会是一个看涨期权。

根据分工，政府针对的是整个社会的公共产品供给，即安全网，即从整个社会的企业和家庭收税，用税收收入（等同于权利金），提供公共产品，那么政府针对的是看涨期权的坐标轴下部的这个封闭空间，即成本端，其成本是可以通过《政府预算》计算出来的。

而整个社会的经济交给企业，文明交给家庭，即看涨期权里的坐标轴上部的那个可能的上涨空间，即市场经济。

只有这样，整个文明系统才会勃勃生机，花小钱，办大事，向下政府兜底，向上发展无限。

Case 5- 高尔夫

打过高尔夫的人都知道，你打多少杆你是计划不出来的，你唯一能做的是严格地按照计划打好每个洞，将姿势自己管好，最后到底打多少杆是靠运气的。

越优秀的运动员，胜负心越小，而好奇心越大，他们追求的是超越自己，而成绩只是附属品。

Case 6– 市净率和市盈率

两个公司同样的注册资本，同样的实收资本，同样的资产负债率，同样的市净率，10 年后，天壤之别。

但是在 10 年前的今天，你投资哪个呢？看市净率有什么用呢？而市净率就如同权利金，而期权的价值在于可能上涨空间。

市净率和市盈率也可以用来说明经济体，$Y=AF(L, H, K, N)$，即使资源禀赋一模一样（市净率），但是全要素生产率 A，制度 F 不同，其产出 Y 也会是天壤之别的。

市净率和市盈率也可以用来说明人，市净率是身高、体重、学历，即使一样，但未来的成就市盈率也会是大不同的，看市净率有什么用呢？

Case 7- 过去

过去不就是沉没成本吗，不就是权利金吗，学习过去不就是为了知道不应该干什么，而不是能干什么吗？

总之，我们要学会用买入看涨期权的眼光去看这个世界，格局就会大不同。

031–On 金融市场怎样赚钱 –07262018

哲学角度讲，

即使不懂经济学原理、投资的相关知识，对金融游戏来说，想赚钱也只有两条路：

1. 非理性下跌时买入——不确定溢价；
2. 非理性上涨时卖出——确定性溢价。

哲学角度讲，

1. 做空是不经济的（因为到头为0），所以大智慧是非理性下跌时买入；
2. 除非债券类的看跌期权，因为只有债券类才会有极端错误的确定性溢价出现，比如美国的次级债……

再演绎一下

1. 只有一级市场有大钱，或者二级市场跌出一级市场价格来。后者的标志是，资金尤其是实业回购股票，或者并购，或者投资稀缺类。
2. 只有下跌的时候才有大钱，即只有在发生非理性下跌的时候，正规的投资人才会既欢天喜地又淡定从容。

即，胸有猛虎，细嗅蔷薇，投资长线。

032-On 民粹主义 -10082019

民粹主义就是短视和走捷径的主义

引申一下，

1. 动物本能决定人类倾向于短期偏好，而这会毁了人类本身。因此，现代文明都是找到了一种方法让人类倾向长期偏好，进行长期决策。

2. 过去经济学下，商人都是用满足 CPI 来赚钱的，即分布在"德拉肯 – 马斯洛"底层，即人类三性（神性、人性、动物性）中的动物性，因此，商人都是民粹的。

因此，民粹主义会摧毁整个经济体比如一些拉美经济体，甚至会摧毁整个文明。

因为，它不仅解决不了欺骗行为，它本身就是欺骗行为。

引申一下，正因为人类三性，所以一个文明，一个国家想要随时间前行，就要有神（信仰），有人（社交，即公共产品供给），还要不得不面对动物性（CPI 类）。

033-On《优雅老去》-02042017

你接触的人越多，看过的世界越宽广，就知道几乎没有人希望只要活着就好。

这本书系统的回答了如何健康生活，如何死在老年痴呆前，在这里你会知道对子女的早期教育，以及教育的重要性、运动的重要性、饮食的重要性等等。

这本书不仅给予时间，还给予了生命和尊严。

过了 80 岁的人，45% 是老年痴呆，意味着那些人的生命已经没有了任何意义，不仅没有了意义，而且连自己的卫生能力都没有，没有了尊严。

如果大家想死得有尊严，或者能死在老年痴呆前，那就读一读。

真知

· 你接触的人越多，看过的世界越宽广，就知道几乎没有人希望只要活着就好。

- 乐观而优雅。

- 老年痴呆是头脑老化的意思，道理上等于思想上营养不良，如果你吃的方面很丰富，那你为何对你的思想这么吝啬呢？况且在不幸的死在老年痴呆之后，你又不知道你每天吃的是什么？

- 年轻的时候简单，大概率是真简单；不惑以后的时候简单，大概率是复杂到极致的结果。

- 年龄指的是思想，而不是岁月。

- 只要是真正的幸福都是来之不易的。

- 念书给孩子听。

- 人生下来就五毒俱全百病缠身比如老年痴呆，只不过有的人死在了它前面，有的人死在了它后面。所以对每个人真正无价的，重要的是死在它前面。因此对整个世界，整个人类最核心的是如何死在它之前，我有答案，所以我能做到这一点。

- 写作很重要——健脑。针对老年痴呆，属于想象力和创造力，总有一篇能不朽，最后文章弄在一起就是一本书，留给后人。

- 100 年后什么样不知道，10 年后的差不多。

- 孩子的一部分教育来自父母，即家教，每个人扪心自问一下，你真的有资格教育吗？什么叫赢在起跑线上？

- 你可以将人生过的充实。

- 如果你能感到难过，那就难过吧。因为对有些人来说，难过都是个奢望。

- 生命里有很多事是不值得记的。
- 当人老年痴呆了以后，生命就没有了意义。所以，为了应对这个风险，做正确的事情，要尽早，比如爱一个人，就要尽早让他／她知道。
- 很多人同时干很多事，有的人是没接受过正规教育，有的人是找借口。
- 我最怕我会忘记耶稣。但我最后终于明白，或许我会不记得他，但他一定记得我——萝拉修女。
- 不惑的意思是明白每个人都得做自己擅长的事情，是明白每个人都得做好自己擅长的事情。
- 每天都知道自己干什么。
- 如果你没学会学习本身的能力，那么你就无法进步，无论你做什么，做多长时间。
- 正确的事情，什么时候做都不晚。
- 工作一小时要休息几分钟，这个从小上学就用的东西，几十年后才认识到它的价值。

希望所有的朋友，都能死在老年痴呆前。

034-On 先天与后天 &Drakon-Maslow-11122019

从某种角度讲，

CPI 都是先天的，孩童并没有灵魂和思想，而这需要后天自己创造，自己从 0 到 1。

德拉肯 – 马斯洛上的分布中，分为外物（能够购买）和内在（在外物的基础上自己修炼，最主要的是自己修炼），比如可以买到音乐会的票，但听得懂音乐的能力要自己修炼……

先天的都是别人给的，不拥有时间，而后天的才是真正属于自己的。

人类从生到死，是在先天和后天上的组合的分布。

所以，有的人 20 岁就死了，还有的人生下来就死了，死的时候再埋。

所以，某种角度讲，孤儿最幸福，小的时候时间是自己的，长大后时间还是自己的，时间永远是自己的。

035-On Cage-09202018

过去

他人的看法和评价

关系

金钱

人对自己人生的设限

036-On 家教 –02012018

通过家教给予孩子三观、意志品质和投资的能力，与留给孩子一堆钱，这是个哲学层面的问题。

这是个制度决定论和资源禀赋决定论的问题。

这是让孩子成为参天大树，有能力自己做出选择，不受时空限制的做自己想干的事，还是父母决定孩子命运的问题。

037-On 在人间 – 酒吧 –06012019

在破解规则的路上，明白了很多道理，其中一个是——

不是你去酒吧找人，而是找到你喜欢的人去酒吧。

就像，

不是你去饭店吃饭找人，而是和你喜欢的人去饭店吃饭。

在平台和人中，不要本末倒置，不要让菜刀决定你晚饭吃什么。

这个世界的生意模型只有两个，或者平台，或者自己。

所以，最公平有效率的路是：

做一个不断更好的自己；
做个太阳 & 闪耀。

038-On 基础教育 –04232017

世界就是一本书，不同的三观，领悟的完全不同，所以阅读世界之前，先夯实三观。

比如，因为生来是普通人，所以——

开放系统哲学的回答：所以这辈子绝不要普通；

封闭系统哲学的回答：所以一辈子凑合过普通人的日子吧。

会完全不同的。

放到投资上，世界就是这本书，对所有人都一样，所以，关键不是耶稣说了什么，而是你从耶稣说的话里领悟到了什么。

这个完全取决于每个人的三观，所以，做事先做人，即先夯实三观，而唯一能够夯实三观的，就是正规的基础教育。

039-On Job-11042019

一个工作只能有一个目标和意义。

假如只有一个意义，即使再忙碌，时间也是节省的，因为那时间都是你的；

假如有很多目标，即使再看上去清闲，时间也是浪费的，因为那时间都不是你的。

这些都是家教，都是基础知识。

040-On 成人总有烦心事 –11172019

成人总有烦心事，而且在整个事情中，烦心事占 80%，这是 2/8 法则，是一条世界法则。

所以，不同的世界观面对同样的世界（这件事）就会有不同的做法。

Part I

有的人选择没有烦心事，有的人选择不成人，即活在小孩状态中，这里面又分两种：1. 或者装嫩不改变自己本体；2. 或者小清新，把外部世界观望成岁月静好，有的人选择活在动物状态中……

Part II

有的人选择拥有时间，拥有人生，理解 2/8 这条世界法则，绝不怨天尤人，绝不抱怨。

选择直面人生，乃至创造自己的人生，即活在不断更好的状态中。

041-On 存量经济 –08122019

在知本时代，规模不经济的时代，拼好的时代，想法设法聚焦在时代而不是时机的时代，成功的企业 / 个人 / 平台，其提供的无论商品还是服务，哲学本质都是提供审美上限，即卖文明。

而一个文明，即使是酒吧或咖啡馆，是由其存量客户决定的。

知本时代即文明的时代，存量业务的时代，只能拼好的时代，有的时候，比较好还不够，要达到俯视 & 碾压的绝对好，才行。

042-On 基础知识 & 演绎能力 –04122019

扎实正规的基础教育的有无、对错、多少，决定了一个人看世界的眼光。

同样的世界，有的人看见天鹅，有的人看见水草。

缺乏这个去读书，人不仅会把眼睛读坏了，而且会把脑子也读坏了。

比如，同样一句话："莫向外求"。

有的人会理解为，靠自己；有的人会理解为，信命。

特别地有意思。

043-On 交易 -08072018

别做日内短线：

1. 从行为心理学角度讲，因为禀赋效应的存在，你的坏心情会是你的好心情的 2 倍，负反馈属于人生心理生理边际递减，加速折旧。

2. AI 早就有了，高频交易可以做抢跑的，人类做这个干不过 AI，属于自取其辱。

3. 哲学上讲，提供日内流动性不可能赚到大钱。

044–On How to do 自省 –10062018

自省包括

1. 三观

2. 优缺点

3. 财务

4. 小目标

5. 把日记整理一下，把好的句子、灵感、截屏，记下来

三观

1. 人生观——你人生的意义、使命，你一辈子到底想要干什么；

2. 世界观——你怎么看这个世界；

3. 价值观——……。

绝大多数人回答不出来，回答出来的已经叫明白人了。

优缺点

每个机构招人的时候会用优点 & 缺点，就是指这个。

绝大多数人回答不出来，这个就叫低层级的比较优势了。

财务

1. 用 A4 纸或者大白板，把自己心中的宏观 – 资产配置，和

上周做比较；

2，用 Excel 表检查自己的台账，建仓，整个资产组合的浮亏浮盈，单项标的物的浮亏浮盈。

每个投资的人都要有自己的台账，有了这个，你就知道任何时点的你的投资组合，这个叫控制住自己能控制的，拥抱不确定性的未来。

而且，波动率不是风险，方向才是。

小目标：

Checklist 上画勾，无论是当年的，还是 1 个月的。

这个会花周末的 2 个小时，就像读书一样，是越来越快的。如果这个都不懂，或者不做，就会永远是 0 不是 1 的。

045-On 规则 -12102019

规则的意思是：

每个人都不得不追随和服从；

与世界法则签约就会受到世界法则的守护；

拥有时间并且上时间杠杆。

不会错。

因为自由都是有限的，所以理解规则即自由。

046-On 俯视 –07102019

插根网线就能活就叫具备俯视能力。

插根网线全世界哪里都能活，就叫具备最高俯视能力，这意味着没有时空局限性。

因为，

金融市场是最大的《在人间》。

047-On 投资 -12082016

人生只能自己面对，奴隶没有人生。

人一辈子的事情很多，但重要就几个：结婚，高考，生孩子，教育，投资，移民，择业，创业（而择业、创业、移民都是可以放在投资类的），这些东西，考量的是人的决策能力。

什么叫决策，听起来特别地高上大，接地气的说法，就是考试做题。

人生本就是由无数大大小小的考试组成的，每个人做的都是在面对考试时的决策、对问题进行解答，然后看得多少分的过程。小测验错就错了，但是那几个重要的，错了可就错过了。

到这里大家明白了，整个人生就是决策，即大是大非，即方向的问题，是定性的能力。

所以佛陀有句话，大概意思是，只要方向对，就不怕慢。

投资，是出卖苟且换取远方。

投资，是在金融世界讲道理的；

投资，就是通涨周期做债转股，通缩周期做股转债；

投资，就是做拼便宜还是拼好；

……

投资，就是考试解题。

所以本文以投资和考试，作为锚，来讲明白什么是投资。

投资与考试相同的地方：

高考做题，没法做的是——

1. 没人能预测会出哪道题；

2. 上了考场也没法兼听则明（抄袭）；

3. 更没法技术分析（赌 a，b，c，d 哪个是正确答案的概率高）。

高考做题，不得不做的是——

1. 基础知识；

2. 逻辑思维能力；

3. 平时的题海战术。

一道道地做过去，如果 100 分，10 道题，那 60 分及格，100 分满分。只能这样做，没有捷径。

因此，

正规学生，

上了考场，即淡定又从容，根本就不寄希望于哪道题自己见过，而是心里知道，压根就不可能有任何一道题自己做过、见过，都是题而已，反正是一道道做过去。

因为底气是：都是高中三年学过的，都是基础知识（原理）组成的，都是这些原理，基础知识排列组合的结果而已，而且题海战术的目的也不是寄希望于见过所有题，而是在做题中不断的锤炼自己的基础知识，逻辑思维能力而已。

因为高中三年即使只有 50 个定理，C_{50}^2，是多少？从归纳法角度出发，想都不要想。只能靠掌握基础知识，逻辑思维能力，其他的所有见过的题，都只是这些基础知识（原理）的排列组合而已，不可能出圈（圈的意思，不是说这些题你都见过，而是组成这些题的基础知识你都见过，即可。而如果你的题海战术，寄希望于做尽天下题，那就是在本源上浪费了时间，而且问错了神仙。道理同读书。读了经典的、原理级的，剩下的自己演绎即可）。

而且考完后，大概率知道自己得多少分，而且考试的时候也不会有任何心态问题，因为反正是做正确的事情，10 道题，就做10 回，仅此而已。

其他学生，

考前先弄点鸡汤，无论是物理的还是心理的，上了考场寄希望于哪道题自己做过，看看能不能左顾右盼一下，看看监考老师严不严格，或者带点自己的工具作弊，甚至买通监考老师、买通出卷子的等等。

美其名曰，后发优势。

投资和高考是一样，无论发生了什么情况，出了什么题，依据基础知识，逻辑思维能力，一道道做过去，就这么点事。

高考不能做的，你投资也是不能做的，那就是从众、作弊、抄袭、控盘，想都不要想。一切不是从基础知识出发、不是通过逻辑独立思考出来的，都是不正规的考生。

投资和高考的不同之处是：

高考是个封闭系统，答案唯一；而投资面对的是现实世界，开放系统，答案不唯一，随机不确定，需要运气。

1. 高考需要的是执行力，投资需要的是想象力。

2. 高考自己坐在那里，没人打扰你。而在真实世界，媒体，信息，微博，你要是盯盘的话，还有盘面，很多很多，都会来烦你，影响你，很容易被左右，而一旦被左右了，你就不是你自己的，你没有了自己的主张，那就为奴了。

3. 高考一年就一次，人一生大概率也就一次，靠的是准确率，唯一；投资一年很多次，一生更多次，靠的是试错。

4. 高考是简单的因果关系，投资不是，大部分是虽然有底层原因，但是很多是互为因果的。

5. 高考的止损是时间，投资除了时间，还有钱。

6. 高考面对的题本身，是不变的；投资面对的问题本身有可能随着时间而改变的。所以投资时的止损还包括题本身发生了变化的退出。

总结一下，

1. 投资是解题的过程，题即约束条件。解题靠的是基础知识+ 演绎 + 题海战术 （这也是为什么 MBA 课程就是由这 3 部分组成的）。

2. 投资的答案不唯一，是概率分布的，所以你靠基础知识演绎出来的结果也是概率分布的，在做项目评估的时候，要把这个估计进去，要设严格的退出机制，因为没人知道未来会怎样。

3. 因为投资所面对的答案是个概率分布，不唯一。所以当题（约束条件）本身发生改变的时候，要立即退出，因为这已经是一道新题了。而现实世界的考试所面对的题大部分是随时改变的，你解题的时候也要与时俱进，什么山上唱什么歌，什么时候做什么事。

4. 投资要做长线混仓期权的方法，因为长线——真理需要时间；混仓——没人预测未来；期权——苟且的人没有远方 + 止损。

5. 这个也间接回答了"看山不是山"的问题。山即规则，即基础知识，在投资上，基础知识是《经济学原理》《Corporate Finance》《Accounting》，哲学是《开放的社会及其敌人》，这些不可能错，如果你错了（赔钱了），错的是你还没明白投资到底是什么，没明白这个世界是开放随机不确定的。

6. 考试的投入产出线性分布，投资是幂函数。

再用简单的话说：

投资和高考一样，都是考试，都得靠基础知识 + 演绎 + 题海战术，靠自己去解每一题。

投资和高考的不同，投资面对的是开放的世界，每一道题本身有可能会发生变化（约束条件变化），每一道题的答案也不是唯一的，而是概率组合的答案群，所以除了基础知识 + 演绎 + 题海战术外，还要有开放的随机的演绎的哲学观，还得有想象力。

　　从这个角度讲，投资不是数学，而是艺术，而且无论如何，投资不能从众，不能靠猜。

048-On 生意 –08242018

生意是指提供更多更好的选择，选择深层次的意思是选择的权利，因此做任何事情：

1. 别逼人；
2. 给予比索取的多；
3. 做自己，做你喜欢的人的生意，选择客户；
4. 真诚的能够让客户更好；
5. 长期坚守。

比如 WeBetter 的咖啡，喝不喝是别人的事，不关我事，这杯咖啡稀缺不稀缺，有没有用，意义大不大深不深，是我的事，自己要把自己的事情做好。

总之，生意是有关选择权这么一件事，一定要给予别人选择的权利，还不懂，想想计划经济，计划节日，计划婚姻，你就明白了。

找一个"好的"最好方法是让自己好，每天都更好 & 勇敢地面对开放随机不确定的世界。

每个人都会有很多朋友，只不过还没遇到而已。

049-On BuyDip-01252018

一件事情哲学上站不住脚。

市场的意义就在于通过市场机制自发的发现价格，即定价某一样东西，即动态纠错，

因此非理性下跌不应该出现，

因此非理性下跌出现的时候，就是或者市场本身出现了问题，或者某一方力量大到非比寻常。无论是哪种情况，都叫市场失灵了。

因此，如果你认为——
1. 市场本身机制会恢复
2. 你买的东西是好东西
那么，非理性下跌时买入是天然赢，是拿流动性给市场治病，给定时间，什么时候市场病好了，什么时候你就挣到钱了。

从某种角度讲，这也是一种成为市场。

050-On 社交的世界法则 -11262019

<u>Part I</u>

人们期望在一定门槛之上的偶遇、艳遇，蓦然回首……

人们对没有门槛为前提的缘分（结识陌生人）不感兴趣，比如漂流瓶类，摇一摇类……

这是任何"交"类的商业法则，因为门槛完成了"我它"到"我你"，

即，门槛决定一切。

只不过，对国家而言，门槛是宪法，对人是底线/兴趣，对企业是利益……

到最后，门槛是规矩，尤其社交类；

到最最后，门槛是世界观，神交类。

Part II

因为"交"的特殊性，所以意味着：

1. 本质是存量为王，存量会带增量；

2. 生死存亡取决于门槛；

3. 门槛在定性和定量（物质）上，不同的人会有不同选择，最终拥有时间的是定性；

4. 存量都是定性的，流量是定量的（用物质来做门槛的）；

5. 在存量时代，对存量业务，高门槛高收益，没门槛没收益。

051-On 自由行 -07142019

自由行是个伪命题。

世界很大，每个地方的规则不一样。

自由行是有前提的，去公共产品供给好的地方，随便怎样都可以，比如英国、美国、澳大利亚、荷兰、比利时、挪威……去印度、非洲之类的地方你就要自己准备公共产品供给，因为公共产品供给意味着安全。去东南亚建议结伴同行也是这个道理……

因为，安全第一，然后才是享乐。

052-On 租房 –03172019

如果你租对了房，租金总会挣回来。

家教给予子女的是哲学，即大是大非，即辨别好坏善恶的能力；学校教知识，不教家教，学校老师的家教水平是他们父母决定的。

租房 I

租房和买房，关注点上没有区别，三个层次：

1. 宏观——位置
2. 中观——物业
3. 微观——装修

租房和大小无关，租房看的是好坏，不是多少。

总结成一句话，租房租的是文明，不是面积，不是任何其他，

比如，农村很大，房子也很大，但没人愿意住在农村，道理就在这里。

文明城市的位置的背后是经济（工作机会），公共产品供给，文明物业的背后是"公共产品供给"，文明装修的背后是文明。

城市人主动被动的都会选择住在城市文明的房子里，光大没用；时间是比钱更宝贵的资源，光便宜没用。

讲到这里，把租房讲清楚了，由于每个人的资源禀赋不一样，那么在不得不放弃的时候，房子的位置可以放弃，物业和装修不可以放弃，毕竟你人生 8+ 小时是在房子里度过的……

租房 II

道理：

1. 每个发达城市，都是移民城市；
2. 世界是开放随机不确定的；
3. 投资是用脚投票；
4. 人生是由人生意义决定的。

这四点决定：

1. 买房经济学上讲不经济（比如有些时空不值得，试错成本高昂）。
2. 永远不知道房子所在的那个城市是否会没落，有没有未来，比如底特律，或者锈带……
3. 人是跟着事业走的。

租房 III

人类一直面对的问题是目的和工具的问题，有的文明解决得好，活下来了，有的就在历史中消亡了。我们每个人也一样。

房是工具，是德拉肯 – 马斯洛模型上低层级的分布，但是由于其特殊性，它身上承载了很多此模型上更高一点的分布，我们必须承认这点。

租房和买房，这两件事都是工具，不同的人的目的是不同的，所以要仔细研究不同人的不同的最终追求。有的人是为了用房子拴住子女，有的人是为了子女上学，有的人是为了离医院近，所以不要相互看不起。

自己把自己的事情做好就行了。

对我而言，所有物质都是工具，都是为了我们的目的服务的，为了我们人类的思想和灵魂服务的。

总之，一件事 10 分钟你没想明白，那 10 年你也想不明白，因为你没有明白其中的道理，即规则。而知道了规则，就像做"1+1=2"一样简单。

我觉得这就足够了。

053-On "大家"-10172017

假如"大家"穿什么你穿什么，你是"大家"；

假如"大家"穿什么你就不穿什么，你还是"大家"；

因为，你的参照物是"大家"。

当你在乎"大家"的时候，你就是"大家"。

成人的意思是，自己喜欢穿什么就穿什么，忽略"大家"，即使一样，那是撞衫。

054-On 靠自己 -09292019

人一生要创造自己的人生，这是你唯一的合法性，而那些关系合法性、结果合法性，是哲学上谬误所以边际递减的（没有时间）。

而创造自己的人生，需要理解规则 & 使用规则，即基础知识 & 演绎 & 试错前行。

靠自己包括两部分，缺一不可，即——

1. 靠眼光，这是哲学问题；
2. 靠自律，这是行为心理学的问题，这是意志品质的问题。

二者实际上都是知本问题，最简单的说法是：

1. 人一辈子要靠自己；
2. 对错靠眼光；
3. 身体质量靠自律。

055-On OIL-11052019

Oil 是一门有关垄断 & 定价的事，即：

1. 垄断
2. 定价

因为供给大部分是主权国家，而不是企业，所以 1 是一件政治、历史、地理、行为心理学的事，是定性的事。

因为需求弹性极小，所以 2 是一件对弹性定性的事，是一件垄断市场定价的事。

056–On 梦 & 梦的解析 –12112019

Part I

因为，人类三性，这是规则，

所以，

有的梦，来自于人的动物性，即人类的荷尔蒙、催产素等等，比如春梦了无痕之类的；

有的梦，来自于人性，即比如曾经和朋友亲人或自己"Have a good time"，或者曾经的巨大悲伤、委屈，比如老年痴呆的人往往总是念叨同一句话，那就是他们放不下的心结⋯⋯

有的梦，则是灵性，很多美丽的文字、发明创造，都来自于此。

Part II

解梦的规则是：

1. 解梦没什么用也没什么意义；
2. 尽量自己给自己解梦（这是你的秘密，这有可能是世界上属于你自己的不多的东西之一）；
3. 离弗洛伊德类远一点，它只会用动物解释人；
4. 不要和任何人分享你的梦。

所以，

1. 做什么梦和本体什么人毫无关系，别当回事；
2. 这也是色情行业、暴力电影、电视，甚至足球拳击类存在的一部分意义。

057-On 关系 &PPI-11112019

哲学本质上，

关系不是物质的，

所以：

1. 凡是商业模版以"交"为锚的，都能挣到钱，无论是神交、人交（社交），还是性交；
2. 拔高一层，不是物质的，就只存在 CPI，没有 PPI。

058-On 投资 -09182018

1. 高风险，高收益。

2. 创业（VC 类）最高风险，享受最高收益。

3. 用闲钱买入看涨期权，没风险，最高收益。

059–On 如何剥夺可支配收入 –12182019

在人类历史文明层级不够发达的时空，

掌权者可以通过剥夺可支配收入（真正的可支配收入的定义是用于生活必需品以后的剩余，从这个角度讲，直接消灭消费者剩余的方式也可以，剥夺财产性收入的方式也可以）的方式消灭通胀。

或者，

掌权者可以通过剥夺可支配收入（比如在某一个生活必需品上极高的价格，比如土地类 ..... ）的方式消灭通胀。

060-On 快乐 –02062018

快乐甚至不是结果，而只是个副产品。

快乐的前提是活得有意义，而活得有意义是要——给予这世界的比从这个世界拿的多

要多很多。

所以心病要用心药医，人类最高等级的病，药反而治不了也治不好，因为医疗的本质是，恢复原状。

比如很多人，在人生成长的路上选择了心智提高这条路，一旦你选了这条路，你就会面临挑战，痛苦，想不明白等等……外在表现形式也就是不快乐了，然后再被一帮子所谓爱你的、但没有能力爱你的人一说，找医生开个药吧，然后一颗药就回到从前，就立即快乐了，然后几年自我探索的时间精力就浪费了。

所以心理医生这么重要，所以弗兰克尔先生伟大。

快乐从来就不是人类追求的目标，随着人类文明程度的提高，

沿着德拉肯－马斯洛模型的向上升级，会越来越对廉价快乐（即喝酒抽烟等等感官上的）不感兴趣，因为快乐的对立面不是痛苦，反而恰恰就是廉价快乐。

从行为学角度讲，这个叫反馈机制，即反馈回路长和反馈回路短。

而因为人有思想和本能，即人性和动物性，

人性会选择反馈回路长的，比如马拉松、读书、持续学习，拥有长远目光等等，而动物性会倾向选择反馈回路短的，即毒品喝酒抽烟、从众，也就是德拉肯－马斯洛模型中低端的那些东西

从某种角度讲，你把时间精力金钱花在什么上，你就是什么，

即，

人生意义决定人本身。

061-On 家教 II& 工作 –04082018

投资自己、投资时间、投资金钱中，投资自己最重要

要关注大事。

要培养孩子从小关注大事，否则长大就不会了。

要教会孩子在基础知识的前提下，通过演绎，俯视这个世界，要从小培养往远了看，即延迟幸福能力。

孩子就像个画家，你是像让他们从小画星空，还是小鸡啄米？

扫一个屋子和扫天下，是两种不同的分工，两码事。

微观是微观，宏观是宏观，这是不同层次的东西，加总不等于整体，把一片树叶看得再仔细也不会理解整个树的意义。

如果你把重要的那件事办对了，其它所有的事都犯错了也无足轻重，指的就是这个意思，

所以，家教至关重要，而家教是指从小对子女教育以及长大后自己与时俱进持续学习的习惯和能力，这个习惯叫核心习惯，这个能力叫学习本身的能力，即核心能力。

而家教包括，

三观——投资自己，世界观 – 世界是开放随机不确定的，人生观 – 人生是富有意义事件的集合体，价值观 – 做正确的事情，长期坚守。

意志品质——投资自己——通过运动

英文——投资自己——突破时空局限性，而且告诉孩子，学英文重要的是读写，不是听说，因为文盲的定义是不会读写的人。

时间管理——投资时间

理财——投资金钱——经济，金融，会计，宏观——大类资产配置，微观——单项资产投资……

做到这些，孩子大概率就能够做到俯视了，最起码有能力在各种场合能够当个旁观者，有个哲人说过，历史上的赢家都是那些旁观者。

做到这些并不艰难，但很难找到提供这种教育的人，所以，家教子女先家教自己，就是这个道理。

文明程度低的地方喜欢通过购买房子固化财富，从而固化阶层；文明程度高的地方通过家教固化阶层，即俯视。

而财富固化几乎没人成功过，而百年家族贵族靠的都是严格的家教，让子女从小就学会俯视，即使家道中落了，子女也能够白手起家。

而这两点的背后，是资源禀赋决定论和制度决定论，人类历史到现在是后者碾压前者的纪录片，一次又一次，一波又一波……

有了这个家教，子女在职业选择的时候就会轻松写意，一辈子不留遗憾。

因为按照经济学原理，人的比较优势是什么人就是什么，而又要有经济性即能养家糊口，又要看是否喜欢，又分工作、职业、使命。

如果幸运，能够找到一个使命，这是你的比较优势（擅长），而且又能养家糊口，那这就是世界上最好的工作。

如果，你擅长而且能养家糊口，但不是你的使命，或者不是你喜爱的，那就有两种选择：1. 做你喜欢的，比如老师，然后通过从小学会的投资技能积累财富；或者做你擅长的职业，然后业余时间坚持你的爱好。就像德国的那个作家，20 年间干邮政局工作，业余时间写书，最终获得诺贝尔奖。

总之，正规的家教，能够让子女从小就知道大是大非，一生不会犯原则性错误，重复那句话，一个人只要重要的事情做对了，其它事情都做错了也无关轻重，也就是人生是富有意义事件的结合体，是每个选择决定的，重要的选择做对了，人生就对了。

即 20% 的选择，决定了一个人 80% 的人生，

足够了。

062-On 风险管理 –06112017

可知可控可承受的风险不是风险，而是沉没成本，

因此，

风险管理的本质，或者目的，是用各种方式方法把风险转化为沉没成本。

063-On 消费者心理学或消费心理学 –12092019

消费者心理学或消费心理学：

1. 这是一门研究人类三性中动物性的学科。

2. 这个学问的意义和目的在于理解自己，警醒自己，自律，比如明白当人在盯盘，做短线的时候，就是在让动物性掌控人的时候，而人不能在本体动物性的时候做决策，比如饥饿的时候不要去超市；

3. 这个学问的意义和目的不是如何利用别人的动物性（本质上是欺骗）为自己赚取利益；

4. 这个学问的意义和目的在于理解规则、使用规则，在市场与规则之间，敢于坚守规则。

因为，在市场中，无论是实体经济还是金融市场，当人面对化身动物（动物性支配人本身）的时候，当在非理性下跌时买入并且目光长远的时候，即为神祇。

没有了竞争利润自然高。

064-On 规则 VI-12232019

规则也分高低。

从商业企业角度讲，重要的是单据流、现金流、物流，以及相互匹配（为了完成这件事，原来有单据管理，后来有 ERP，即电子备份，单据流的本质即数据流）。

实际上，任何经济体（个人、企业、政府）都如此。

比如，京东正在或者已经化身物流规则。

在这之上，是按照逻辑和时间序列的单据管理，因为每一笔交易，都是逻辑流 & 时间流的结合体……

065-On "我你"&"我它"-Draft-11152019

案例 1- 医生 & 医患矛盾

医患矛盾非常普遍，有体制原因。正如索维尔在书中所说，公立医院挣的是计时工资，医生在单位时间里要处理本不应该那么多的病人，这导致医疗水平低。单体医疗水平低。或者从经济学角度去考量，从精力上就考量，都能够说得通。

从哲学角度讲，在"民风彪悍"的地方，或者在血气方刚的年代，甚至监狱里，人与人之间会因为互相看了一眼，而拔刀相向。

其深层原因，即这种眼神会让人觉得自己是被当成一个物体来看待的，即"它"。

回到医患矛盾。因为医生要面对量化的病人，慢慢的，无论医生初心如何，医生会把所有病人看成一样的，即在医生的潜意识里形成"我它"关系，一旦形成"我它"的关系，对医生来说，所有病人都一样，即病人被物化了人格；而对病人而言，这是不尊重。而且，加上医生这个职业的特殊性，它具备权威性和专业性，就更会激化这种矛盾，因为"病人"这个标签或者叫法本身就不对，而应该是得了病的个人。而每个个体是不一样的，文明程度越高的人，感觉受到的冒犯与不尊重会越大，而且一旦医生形成了"我它"关系，他们的态度是傲慢的且不耐烦的，是个人都能感受到。

医患矛盾的本质是"我它"关系。

有些医生极其稀少，他们能够几十年如一日，固守初心，看每个"病人"都是得了病需要帮助的个体，他们与病人建立的是"我你"关系，而具备"我你"世界观的这种医生，一定是极其正规极其负责的，因为治病救人对他们来说不是工作，而是使命，得干到死。

他们与病人之间，本质上都是私人定制，都成了客户。

这是私人医院比公立医院到底强在哪里的地方，这也是为什么每个人都想有几个医生朋友，或者找熟人介绍医生，最少混个脸熟的原因，

即，"我你"和"我它"，即把关系从"我它"变成"我你"，这样可以得到真正的关怀和照顾。

案例 2- 流量经济学

有些商业模板尤其是拼便宜的平台类，它们的世界观是"我它"，即所有的人都是数据，即物化人格，

而这种"我它"世界观，意味着，它们会无所不用其极的掠夺它们的"客户"，因为那些"客户"不是人，而是物体，而是"它"。

这些平台关注的不是个体的人，而是流量，它们会吃干榨尽每个"它"的隐私……

它们会拼便宜到底。

拔高一层，

GMV= 流量 * 转换率 * 客单价

"我它"中的茫茫多的"它"，1. 它无法转换为你；2. 它没有钱。

这种"我它"的，无论政治模板还是商业模板，天然不拥有时间，

这也是为什么不要在火车站附近吃饭，而要去老街坊吃饭的道理。

因为，一个是"我它"，一个是"我你"。

两种世界观。

案例 3- 存量经济学

存量经济学的本质是"我你"的世界观。

以"我你"这种世界观为立足点的商业模板，不是不关心粉丝数量，而是压根儿没有粉丝，因为是"我你"，所以对每一个个体都是真心真意，因为"我你"的本质是，"我"怎么对自己，就会怎么对"你"。

这种商业类型里有：私人医生、私人定制，有咖啡厅，有酒吧（比如百年酒店），

所以这类模板的门槛都很高，因为"我"怎么对自己，就会怎么对"你"，即一言不和就会直接驱除出自己的边境，即直接从"我你"变成了"我它"，即自己人和外人。

而 GMV= 流量 * 转换率 * 客单价，这个公式就不适用，

比如，医药代表类。

明白的医药代表，即接受过正规基础知识教育的一群人，明白业务量的提高，不是去打冷电话、陌生拜访，而是用"存量"开发"增量"，以"存量"带"增量"，即聚焦在自己的VIP上，让VIP给你背书，介绍他的圈子，因为这些人的圈子里的也是医生，这就叫"存量"带"增量"，即从"我它"变成了"我你"。

即，老街坊的，百年老店的，都是老客户带新客户，慢慢来的，自然成长，天然拥有时间。

所以，做存量经济类的，一定要：
1. 坚守"我你"初心；
2. 持续提高本体。

无论做人、做企业，还是……都是如此。

案例4 – 为何"我它"多，"我你"少？

从经济学角度上看，

1. 资本主义时代，是规模化的时代，就是机器代替人的时代，就是个"我它"关系的时代，而到了知本主义时代，就是规模不经济的时代，就是个私人定制时代，是个"我你"时代；
2. 这也间接说明了，PPI和CPI为何会分道扬镳，星巴克卖的不是咖啡，百年酒吧卖的不是酒。况且，星巴克的PPI

是多少？ CPI 是多少？

3. 明白的企业在慢慢地从商品到服务，就是在从"我它"到
   "我你"，因为"我你"拥有时间，毛利高。比如京东真
   正值钱的反而是京东小哥，因为这些生活的面孔，一言一
   行，把"我它"变成"我你"了，当然就可以享受溢价。

4. 比如做大宗商品的，不要说自己是做大宗商品的，要说自
   己是做金融服务业的，是生产性服务业，这样就类似把"我
   它"变成"我你"了

5. 即使卖商品，也是把商品作为媒介，在这之上赋予其
   更高层次的意义，无论是渔具、套头衫，还是 NBA、
   MBA……

案例 5- 男女以及其他

爱一个人不是物理的拥有，而是无时无刻地放在心上，这个
叫"我你"；

恨一个人不是每天诅咒扎小人，而是路人。

"我你"与"我它"是有无问题，

比如真正的分手就叫从"我你"变成了"我它"，

Indifference（无关）就是"我它"。

案例 6

1. 挣有钱的明白人的钱 & 给予多于获取，即"我你"；
2. 插根网线投资，挣市场的钱，即"我它"。

066-On 大街上的剃头小贩 –08052018

在判断一件事之前，要理解其本质。每个人都可以有自己独立的主张，但是要言之有物。对错不重要，重要的是基础知识和演绎。

在公共场所支个摊子的小贩，无论是卖麻辣烫的，还是剃头的，这个商业模板的本质是——公共产品占用，所以公共部门（无论中外）都会对其进行取缔。而背后的哲学是：

1. 因为是对公共产品的非法占用，因此成本一定低；
2. 因为是对公共产品的非法占用，因此提供的商品和服务一定最接近所谓目标客户端。
3. 因此从赚钱角度，或者说从生意角度讲，这是个效率极高的"好生意"，供需双方看上去都那么的完美契合。

但是，这种模板的主要问题是——它使它的供需双方福利增大，但是对整体经济体有负外部性——

1. 对公共产品的占用意味着挤占了其它人的公共资源，即该模板下的供需双方以外的其他人；
2. 对公共产品的占用意味着没有付出成本，即该模板下的其它竞争对手选择离开或者参与拼便宜的竞争。

1 和 2 都会导致社会总福利的下降，这是一个典型的微观行业和整体宏观互相矛盾的模板。本质上，它们和污染行业是一样的，和广场舞也是一样的，和蚁族也是一样的。

067-On 固收 & 固支 –01302018

人都会焦虑，因为冒险就会引发焦虑，但不冒险就会失去整个人生。

所以，重点不是不焦虑，而是学习各种正规的基础知识，比如经济学，比如 MBA，都是帮助大家用正确的方法冒险，那么就没那么焦虑了。

比如个人（家庭）的资产配置，

每件事都有其意义，个人资产配置也一样。

对普通人来说：
1. 衣食住行固定开销，即一个人的固定化支出，即从德拉肯 – 马斯洛所展示的，满足人类生活需要的那一部分；
2. 梦，即 "赌" 一个未来；
3. 奢侈品，即纯粹的浪费。

因此，因为有这个分类，所以每个个体的资产配置也就是：
1. 固定化收益，应对固定化支出；

2. 投资，用看涨期权的方式买梦；
3. 彻底不参与，因为毫无意义。

而在固定化支出和固定化收益中，如果你想有剩余，那么就得让你得固定收益超过固定支出，这个意味着：

1. 你自己要分布在符合时代的行业里，因为行业的 CPI 等级高，你从这个行业里获得的固定收入就会超过你的 CPI 低等级的固定支出；
2. 更进一步的话，就是自己开个公司做符合时代的往上的高等级 CPI，但这就不是固收而是投资了。

068-On 节日 -11132019

自己休假是自己的节日，得到了充分的放松，有具体的目标和意义，过完节大概率身心更健康；

别人的节日类，过完节大概率大家身心更不健康了。

每个人都应该有自己的节日。

我只过自己的节日 。

069–On Cheaper VS Better–02272017

狭义地讲，这个叫或者与众不同，或者成本领先。

又因为生意就是生意，不分实业还是金融，所以做投资就是个选择，与众不同或成本领先。

你如何选择？

比如，期货，你是选择与众不同还是成本领先？凭什么？

又因为你的比较优势是什么你就是什么，

所以有的人：
1. 做没人干的；
2. 做和市场相反的，在强逻辑的前提下；
3. 用远月的期权方式做。

1= 创新，比如谷歌；2= 纠错，比如奥克曼，鲍尔森；3= 时间是最大的杠杆。

070-On 人生的几何形状 – 射线 –12052019

人生是条射线，那条生下来的直线。

1. 必须选一端；

2. 只能堵一端；

3. 什么都不管相当于直线，孩子没家教；什么都管相当于线段，孩子没出息。

071–On 有话直说 –Draft–11162019

男女之间也好，各种关系也好，最大的伤害就是，有话不直说。

所谓怕伤感情，

实际上，其哲学本质是，

有话直说是个看涨期权——

1. 从来不预测上涨的幅度，只演绎能跌多少；

2. 有话直说短期或许不舒服（见底），但未来（长期）就只能积极向上了；

3. 至于有话直说就分手的，那意味着根本就不应该存在。

072-On 人与数据 –03052018

如果用演绎法，你利用数据；

如果用归纳法，数据利用你。

那么是你拥有数据还是数据拥有你？

进一步，有了 AI，归纳法下还要人干嘛？（换句话说，叫失业）

人在用归纳法的同时就在消灭人本身，

所以，在不具备基础知识 & 演绎法的前提下，做什么都是浪费时间。

073-On 成人 & 外人 –04122018

成人的意思是明白了很多小孩子不明白的事情，比如：

1. 世界是开放随机不确定的
2. 这世界有些事是你能掌控的，有些事是你说了不算的
3. 人生是艰难的，当你明白人生是艰难的，人生就不再艰难了

……

案例：

有人会因为做了正确的事情，却被别人辱骂伤心难过甚至自责，这就属于小孩子还未成人，因为第 2 条说，这世界有些事你能掌控，有些事是你说了不算的，也就是说做不做正确的事情，你自己说了算，但做完了以后人家不感恩，或者有人骂你是人家说了算，不关你事，也就是说你不仅不应该伤心难过自责，而是应该连想都不想别人会怎么做，因为那不关你事。时间不要花在深渊身上，指的就是这意思。

第 3 条说，人生是艰难的。当你明白人生是艰难的，人生就不再艰难了，也是这个意思。你做一件正确的事情，和你是否能得到好的评价，是完全两码事，如果你做一件事就是为了别人的回报，那你这辈子就完了，因为你连自己都没有。做事心安即可，

没有那么多别人给的理所当然，理所是指自己，不是跟别人乞。

渴望爱的得不到爱，道理等同想赚钱的赚不到钱。

《黑镜》这部片可以当作教科书，里面深刻地说明了某些道理，尤其是其中的 S3E01，你要是活在别人的打分里，你就连自己都没有了。而没有自己的人，什么都没有。

微博、脸书之类的是个浓缩，你关注意味着你的世界里有这个人，换个说法是你在花你最宝贵的资产在这个人身上，你的回复，也一样，人人都可以评论，而你只需要关心你关心的人就行了，在实际生活中也一样。

同道中人即自己人，

除了自己人，都是外人。

而，外人的意思是，外人。

074–On 陌生人 –10282019

陌生人之间的商业交易是现代城市文明的组成部分，

比如贝宝类的生意模板。

拔高一层，

随着文明的、经济的继续前行，

又因为人类三性，

陌生人之间的神交（比如微博类），社交也会成为常态；

陌生人之间的约会（比如 MTCH 类，高门槛俱乐部类）也会成为常态；

总之，过去的，传统的农村的，大院的熟人社会已经结束了，现在的城市文明的特点就是陌生人社会。

所有能够正视这个问题，解决这个问题的人会活得很好；

所有能够帮助人们解决这个问题的企业或人，也会活得很好。

075-On 挣谁的钱 –10292019

1. 要挣有钱人的钱，因为有钱人有钱；
2. 低收入者收入用于购买消费品，有钱人消费倾向低；
3. 所以，重点是弄清楚有钱人如何应对可支配收入乃至可支配时间，即有钱人如果消费到底消费什么，如果投资，投资什么。

所以，想要挣钱，就要弄清楚有钱人的——
1. 消费；
2. 投资。

076-On 报销类 -Draft-10152019

报销类的业务不能做，因为哲学上的理论依据是：免费就会造成浪费，

即，什么报销，什么就会造成浪费。

比如公款吃喝产业链，比如社保开药产业链，比如购物卡产业链，过年送礼券产业链……

即，

1. 从宏观讲，报销类经济学的本质是对整个经济造成资源错配，即报销类不经济学；

2. 从微观讲，做报销类的业务会面对两个危机，最终付钱的（比如政府企业）实际上有能力调配可报销科目，即你的饭碗是在别人手里的，你做的实际上是寻租；而且，直接使用者购买者，并没有能力合理评估你的东西的价值，因为整个价格被扭曲了，你本体业务的供给需求被扭曲了，也就是你本体没有能力也不可能做出任何正确的投资决

策，比如扩产还是其它；

3. 以药为例，真当性命攸关的时候，你问病人要国产（可医保）的还是进口（不可报销），绝大部分都异口同声要进口的，要好的……

4. 从德拉肯 – 马斯洛角度讲，越往上层级，收入弹性越大，即毛利越高；

5. 从生意的哲学讲，要挣有钱人的钱，因为只有有钱人有钱。

总之，从不同的角度，都说明了一件事，不要做报销类的生意，要做不能报销类的生意。

077-On 心情 –10172019

强者的心情自己做主，

我的心情本质上也是我自己做主，我有能力选择。

做主的意思是做自己的主人，即自立，自己 & 独立。

演员的心情谁做主？

你的心情谁做主？

你身在封闭系统谁做主？

你能否做到无论在哪里都是自己做主？

078-On 不确定性下的选择 –02132018

1. 在面对既定的苟且和不确定的远方之间，人类偏好苟且；

2. 在面对既定的死亡和不确定性的死亡之间，人类偏向不确定的死亡。

079–On 投资 VIII–01152018

投资安全，投资时代，投资自己；

投资过去，投资现在，投资未来；

投资时间，投资精力，投资金钱。

不同的人，在同一个世界，不同的选择。

080-On 归纳法 –07082017

对人类社会而言：

1. 历史是富有意义事件的集合体；

2. 历史并不记录时间。

同时：

1. 胖尾是小概率，

2. 这意味着大部分时间空间发生的是拐点之前的事，

3. 而那些事恰恰是线性的，

4. 那些事的名字叫"大家"。

所以，

1. 哲学上讲，宏观上讲，归纳法一定是谬误，

2. 微观上讲，归纳法却是 99.99% 正确。

这说明：

1. 对错和多少无关；

2. 这世界是定性的不是定量的；

3. 做人，做事，或者做"你"，或者做"我"，就是别做"大家"。

081–On 经济模型 –08192019

需求：Y=I+C+G+C，即凯恩斯模型，是个短期模型，换句话说，用在长期上无效。

供给：供给都是长期模型。

$Y=AF(L, K)$，索洛模型，A 全要素生产率，L，劳动力，K，资本。

$Y=AF(L, K, H, N)$，曼昆模型，H，知本，N，自然资源。这个比上一个高级，因为潜台词是，知本不是简单的用 L 和 K 就能得到的，知本是个独立的自变量。

$Y=AF(R, T)$，Drakon 模型：

A：生产率

F：世界观及制度配套

T：时间

R：(L, K, H, N)

082–On 生意 –08072018

经济体所作的事情是否给人们提供最终的直接的商品或服务，

经济体所作的事情是否有定价权。

083-On 光明 -11202018

问：人类最恐惧的是什么？

答：黑暗。

问：把人的双眼蒙上和黑暗是否一样，即给予黑暗？

答：是的。这也是很多片子里都使用黑头套的原因，因为会带来无边的恐惧。

问：在现代文明社会如何给予黑暗？

答：蒙住双眼这种方法肯定是连小鬼都嫌弃的，所以必须换个方法，达到同样的效果。

问：什么方法？

答：与其蒙住人双眼，不如直接给予黑暗本身，即让他看到的世界是想让他看到的，得到的信息是让他得到的，这比蒙住双眼更经济实惠效率高，因为蒙住双眼什么他也干不了，而直接给予黑暗，他还能干让他干的。

给予黑暗即愚民，给予光明即给予文明。

084–On 变现 –01292018

弄清楚一件事，得在哲学上弄清楚才行，

比如，变现。

变现的哲学是指你所提供的商品或者服务比购买者的钱稀缺，

因此：
1. 你自己得比钱稀缺；
2. 你自己得比竞争对手稀缺；
3. 你自己得有用；
4. 购买者里也分，相对有钱的，和没钱的；
5. 因为有钱的人，钱就比较不稀缺了。

所以，变现的公平和有效的方法是：
1. 自己既稀缺又有用——拼好；
2. 挣有钱的明白人的钱。

085–On 莲花出淤泥而不染 –10192019

同样的世界，有的人看见水草，有的人看见天鹅。

物质是有限的，思想是无限的，人类的历史就是解决物质和思想之间的矛盾的历史，尤其是经济学类，某种角度讲，这是整个人类文明存在的意义。

比如，莲花出淤泥而不染。

对有的人而言，故事会这么演绎：

1. 莲花可以欣赏，可以沟通，但如果选择一起生活的话，是很难的，因为淤泥很脏，你是否愿意？
2. 莲花只愿意展现美丽脱俗的一面，不愿意拿自己丑陋的一面示人，莲花是否愿意？

尤其是一个人时候的人，无论男女，工作中，喝咖啡中，吃饭中，健身中，都是呈现自己美丽的一面，淤泥都在家里，但是莲花离不开淤泥，正是淤泥提供营养，怎么弄？

你是否准备好坦然面对淤泥，莲花是否准备好了坦然面对呢？

这需要长时间的真诚和努力。

拔高一层，

当已经在一起的两个人在一起了以后，有的人持续学习提高自己，慢慢变成了莲花，而另一半有可能还是淤泥，双方如何共处？是否足够明白，明白离开了淤泥莲花就什么都不是？也坦然接受这一切，双方都接受这一切，互相尊重理解，携手一生？

从另一个角度讲，这也是所谓的好白菜都被猪拱了的道理，因为猪甘心做淤泥，接受莲花的淤泥，类似互补性。

从另二个角度讲，生而为人要充满信心，因为每朵莲花都有自己的淤泥，你所看到的一定不是一个人的全部，最起码，谁的淤泥都一样脏。

再拔高一层，

人类三性，神性，人性，动物性，不可分。

神选择了成神，彻底斩断了人性和动物性，比如那些纯粹的僧侣或者孤独者，只不过这个时候，此莲花就不是真正的莲花了。

世俗的圣人则三性皆有，反而大解脱。

淤泥就是动物性，你本体能否正视，面对，接受？

就像，能否接受你不得不接受的，创造你可以创造的？

086–On 投资 VIII–03262018

或者买最上游的，或者买最下游的，

因为：

前者的规则是稀缺，看供给弹性；

后者的规则是意义，看德拉肯 – 马斯洛。

其余标的物纯属浪费时间。

087-On 投资 VIIII-08172019

投资是一件有关可支配收入的事；

投资包括时间精力和钱；

投资包括投资过去，投资现在，投资未来；

投资包括投资自己（健身健脑）和投资别人，以及投资资产；

投资资产的本质是"做什么"，即投资一个印钱的机器。

从哲学角度讲，企业能印更多的钱，所以，重要的是看每一台机器怎么印钱，

比如，

Apple 怎么印钱，你自己印得过它吗？

088–On 基础知识 – 投资 –07312018

投资是理解规则使用规则的一件事。

学习数学是理解数学规则使用数学规则的一件事。

最终是掌握投资能力，即用正规的方法做事情，而不是保证赚钱，因为世界是开放随机不确定的，那属于运气。结果确定的那叫计划经济。

投资上的分工是：

1. 理解规则——研究。社会的魅力就在于特例，所以这事 AI 取代不了；

2. 使用规则——执行。高科技了，AI 就可以取代了。

类似 80 年代的时候，LCTM（长期资本管理公司）就已经没有执行人员了，只有策略师，因为电脑程序都取代了。

因为是这样的分工，而人类有思想及动物本能，因此有几个分工的规矩，必须遵守：

1. 研究的是有无 / 对错，以及沉没成本，建仓方法，要与时俱进；

2. 执行的是按照成交报告严格执行，要坚如磐石；

3. 研究的最终目的是有能力俯视；

4. 研究员不允许拥有仓位，否则会影响独立性；即所有研究都是在执行之前的，研究员与仓位毫无关系；

5. 执行只考虑严格遵守成交报告，和仓位也毫无关系。

而从哲学上讲，带着自有仓位讨论行情，无法保持独立性，没有意义。

089-On 教育 -12142017

对教育有两种世界观：

认为教师可以标准化，学生靠智商；

认为教师都是个体，教是门艺术，学生靠领悟力、想象力、创新能力。

090-On 上帝和 AI-11062018

本质就一件事——

你是自己做自己的选择，还是让别人做你的选择，无论这个别人是神还是 AI；

你是自己做自己的选择，让别人当工具，还是让别人做你的选择，自己当工具，无论这个别人是神还是 AI，还是父母闺蜜。

前者叫成人，后者叫未成年。

成人即成佛。

091-On 最智慧的事 –06042019

"这个世界最智慧的事情是在错误的时间做正确的事" ——@nbnbon，因为没有竞争，成本极低，盈亏比巨大无比。

只不过，

1. 要用期权的方法，还要非理性下跌时建仓；
2. 要远月，要坚守长线；
3. 还要明白，仰望星空是自己的私事，不要让别人知道。

092-On 酒吧 & 任何平台社交类生意 –08162019

对酒吧而言：

1. 酒吧不是卖酒的，环境（软硬）等于公共产品供给；

2. 鸡尾酒是毛利最高的，知本的力量；

3. 存量客户是锚，意味着文明。

酒吧的本质是平台，做的是"公共产品"的事，是"政府"做的生意。

因此，酒吧要做的好，要像政府看世界一样去看世界，即通过战胜欺骗行为，使来酒吧的人口数量越来越多，人口结构越来越好。

这样才能拥有时间，拥有文明，才能顺便挣到钱。

而顺便挣到钱包括，酒吧挣的钱，以及在这个基础上衍生品挣的钱（酒类代言，饮料代言，T恤代言，甚至书的代言）。

093-On 所谓成就 -10032018

一个人一辈子能修炼到不惑（明白人，从 0 到 1），就已经叫成功了，

因为：

1. 明白人少。
2. 因为伟人的定义是本体伟大的人，而不是做了多大伟大事的人，因为本体伟大靠自己修炼（持续学习），做得成做不成伟大的**事靠**运气（世界是开放随机不确定的）。

而一个人一辈子能帮助别人不惑（从 0 到 1），就叫伟大的成就了，哪怕只有一个人。

酒吧不是卖酒的，就像饭店不是卖饭菜的，严格的讲，连卖盒饭的都不是卖饭菜的，

所以酒吧就会三种不同的模板——

1. "假酒"路线，拼便宜的本质就是拼成本端到尽头；

2. 服务路线，酒是作为载体（用于收钱的）的，无论提供的是公共产品供给，还是其它，都是这个路数；

3. 卡在中间的。

餐饮业归属低端服务业的这个定义意味着：

1. 餐饮业不是卖商品的；

2. 餐饮业是卖服务的。

所以，卖商品本身的，基本上就被淘汰了，这也是门面几个月就换一批的道理。

而在卖服务里，分为

1. 快，即节省时间。比如大排档、麦当劳，比如各种快餐，就是快；

2. 好。私房菜类，私人定制类，包厢类，就是好，即享受时间。
3. 方便。比如 711 便利店类。

其中，1 满足餐饮业归属为低端服务业的定义，而 2、3 都突破了低端服务业的定义；

换个说法，2 和 3 尤其是 2 类，归属不是低端服务业，而是高端服务业了。

那么，无论是酒吧还是酒店，最终能够拥有时间，就要靠一个中等层次的"宏观 – 资产配置"了，即时代如何，你本体无论是酒吧还是酒店的定位是谁？

最终会发现，要采用市场营销学上的所谓"市场细分"，经济学上叫"价格歧视"，哲学上精炼为两个字：门槛。

因为门槛，无论主动的还是被动的解决了从上到下或者横跨各个领域的很多问题比如：

1. 去哪里 / 做什么 / 和谁；
2. 混同均衡和分离均衡，前者的意思是信息接收方没法通过信息分辨真伪，后者的意思信息接受方能够容易的从信息里分辨好坏。

比如，酒吧办每周一次的私人俱乐部活动，门票收费 168 元和 1688 元，不是一回事，因为：

1. 不同的门槛代表不同弹性；
2. 168 卖的是便宜，1688 卖的是安全，卖的是想象力，卖的是可能性，无论男女，无论各种职业的，各种目的的，都能满足；
3. 168 卖的是流量，1688 卖的是存量，高端服务业类的本质是做好存量。

095-On 投资 IV-09212017

投资包括的东西很多。

资产管理、自我教育、健身，都叫投资。

投资是个拼好的事情，是通过扔出沉没成本让自己变得更好的事情，是个创造，是个看涨期权。

因此，

如果跑步的时候没有心态问题，那投资钱的时候也不应该有心态问题。

做自己认为正确的事情，哪里来的什么心态问题呢？

096-On VC-Draft-10152019

哲学角度讲，投资就是 VC，就是买入看涨期权。

狭义角度讲，VC 投的就是 TV，即 DCF model（估值模型）里的 Terminal Value，即终值也就是构成一个资产的价值的 60%+ 的那部分。

所以要从本质上理解：
1. 终值是由什么决定的；
2. 怎么利用这个规则。

第一个问题的回答：终值是由时间和发展可能性决定的，而这个都是定性的能力，和数学没关系，即，

微观角度讲：
1. 这个企业能否可持续发展，即是否拥有时间，就像有句话说的："在投资上最值钱的能力就是能够事先判断一个产品的成败"。比如，对掌上电脑案例来说，这个是几十亿美金，对 WeWork 类就更多了。

2. 这个企业是否有发展可能性，即还能竖直向上发展，而不是简单地横向发展。

第二个问题的回答：在 DCF 里什么东西会影响最终价值，它发生大的变化，整个最终价值就会发生大的变化，企业的价值就会发生大的变化。

宏观角度讲：

1. 当整个社会发生恐慌，比如 2008 年，比如 2018 年，发生了 Crisis of confidence（信任危机），市场认为整个时空都没有未来了，那么 TV 的组成部分时间和发展可能性就都消失了，那意味着股票价格很有可能会出现 DCF model 抹掉最终价值的估值，即发生大幅非理性下跌。

2. 小钱呢，就是对 IS-LM 每年底的演绎，提前布局，因为 IS-LM 作为约束条件，它们的变化会直接反映在 DCF 上，尤其是最终价值上，这就是从上到下，从宏观到个体的投资路径。

VC 不是简单的所谓的 VC，那是做了微观的一部分，宏观的一部分也很重要，只做一部分是不全面的。

即，Venture Captial，即风险资本，即敢做耶稣的人；

即，有能力理解规则，有勇气使用规则的人。

097-On 佛 –03082016

何为佛？

有些人认为，是拿着珠子、嘴里背佛经、点着香，整点东西得去开光，号称虔诚。

我认为信佛的目的是成为佛。

信佛是为了要有佛的思想，而不是佛的信徒。

信佛不是求佛。

无论是南普陀，还是北普陀，跪着的，烧香的，乱摸的，目的都是有所求。

求财，求平安，求子女，求官……

这个是逻辑是对佛的不尊重以及误读。

做事情，做人要讲逻辑，而对佛这件事的主逻辑是：

信佛，学佛的目的是成佛；

信佛，学佛的目的是要佛的思想，而不是佛的信徒；

信佛，学佛的目的不是求这个，求那个。

那么，何为佛？

《心经》开宗明义说的简简单单明明白白：

般若波罗密：般若——渡，波罗密——彼岸，合起来说，佛就是渡人到彼岸的人；

再说的明细点：佛是给予的人，而且给予的是正确的东西，是渔不是鱼的人；

佛是，愿为灯火，照亮世人的人。

每个人的世界，是每个人自己的一样，每个佛也是每个人自己的。

要学会面对佛。

我喜欢见佛，有机会都会去看，只不过和天下人不同的是，别人是见佛求佛，求这个求那个。

我从不求，也不忏悔，我见佛，只会说一句话：

佛，祝你快乐。

深层次的道理，即，1. 我们是平等的；2. 佛从来都给予，而我从不求佛，而只对佛说祝你快乐，因为我是给予佛的人。

佛能拿我怎么办呢？

只能处处保佑我。

明白了？

098-On 掼蛋 –01302017

这个游戏的最优策略是，努力争（保）大供 + 最后一名

这个组合能够做到一级一级稳步前行，垄断最好的牌 + 先出
的权力，等于一个看涨期权。

099-On 相亲 –03162017

一个人最宝贵的资产是时间。

假如一个人是一棵树的话，一个男人最重要的果实是思想和精子质量。

因为橡树结不出苹果，

所以，种瓜得瓜，种豆得豆。

相亲相的就是这个，即思想和精子（卵子）的质量。

运用基础知识 + 逻辑，

精子（卵子）质量是结果，那么方法有：
1. 体检报告——但是这个太直接粗鲁让人不舒服；
2. 通过沟通了解其生活习惯，即，体能状况，以及饮食、作息时间——这个很隐蔽，也很容易测量。比如对面那位说跑步，那你就拉他找个机会约个跑步，最起码 10km，一目了然，简单明了。

思想，这个相对难一点，方法有：

1. 阅读他的微博，以及所有和思想相关的东西
2. 通过交谈阅读其思想，抛出个观点，看其三观和逻辑，这个很简单。

这里面艰难的是，

1，你本尊有无能力在思想上能够匹配，能够评判——这个需要你自己提高自己的，毕竟只有美好才能配得上美好；
2，你本尊有无很好的体能——这个需要你持之以恒的锻炼自己，否则如何约跑？

这里面容易犯的错误是：

1. 不知不觉的种姓制度的错误，比如文如其人、属相星座、生辰八字、琴棋书画（这些和思想都没有关系）；
2. 拿知识当思想，比如背一背文章，等等。而且，知识可以提前准备，比如喜好可以提前打听，你喜欢摄影，他提前研究一下摄影，然后来参加考试，这个全无意义。思想指的是，无法准备的，随时能够应对开放随机不确定世界的那一缕真实。

到最后你会发现——

1. 相亲相的是什么你明白了；
2. 如何相亲也明白了；

3. 1&2 等于，你自己先得把自己弄得美好才行，即无论是你
   自己的思想还是精子（卵子）质量，都得弄得美好，这是
   个拼好的过程。

如果你从小以对错作为准绳要求子女，尽心家教，

那么，子女是否爱你就会取决于你做的事情的对错。

那么，只要你持续提高自己，勇敢做正确的事，你的子女就会永远爱你。

这就是家教更深层次的意义。

101-On 越长大越孤单 –06032018

有好婚姻，没有好婚礼，而且，婚姻好坏和婚礼又毫无关系。

与其花资源在婚礼上，不如花资源在相亲上。

而因为拥有美好的前提是本体美好，所以，与其费心相亲，不如投资自己，让自己每天都变得更好。

本体的逐渐提高，本就是你找到更好的另一半的过程，而另一方面，也意味着更加孤独，因为越强大，匹配的另一半越稀缺。

而当你成为胖尾了，你就真的成功了，但也意味着只有胖尾能匹配你了，因为双方都很稀少。所以叫，越长大越孤单。而且，对女孩子来讲，孤独不等于寂寞，圣女不是剩女。别贱卖。

如果你一辈子都没找到另一半，那么恭喜你，你成神了，因为持续学习提高本体本就是成神之路。

神都孤独，你选择了胖尾，就选择了孤独。

102-On 家教 –03122018

人如果追求安全，最终安全和自由皆无；人如果追求自由，最终安全和自由皆得。

道理等同教育，尤其是家教。

在教育上，有些父母花在孩子身上的钱比自己多的多，但学校又不教家教，

所以，

如果一个家庭把钱投资在教育上的分布父母多于子女，最终父母和子女家教都好；如果一个家庭把钱投资在教育上的分布都集中在子女，最终很有可能父母和子女都没家教。

103-On 人类三性 –09182018

神性，人性，动物本能。

人生，生活，活着。

Spiritual，Social，Material.

104-On 伤别离 –04062018

人在 40-50 的时候会经历伤别离——

别离子女，住校或大学；

别离朋友，因为三观发展不一致，或移民……

别离父母，因为死亡。

会有交叉。

要品里面的滋味。

105–On 如何做生意不砍价 –04072019

1. 或者有定价权。

2. 或者信仰公平溢价（The last offer law，即最后报价法则）。

3. 或者用均价和非理性下跌时买入（Mean+Dip）的建仓方法（市场是组织资源的好方法）。

4. 或者信仰人生是一件定性 / 定义的事。

在货币里，价值先生即价值尺度，市场先生是汇率。价格围绕价值上下波动。投资是围绕价值的，因此更深层地讲，投资任何东西，都要关注其内在记分器，即所谓的 Intrinsic value（内在价值），但这个金融上的定义太窄太狭义，从更高更广的角度讲，一个东西的内在记分牌是由它的意义决定的。

作为企业来讲，其意义是提供给全社会需要的最终商品和服务，那么衡量企业，就看其提供的商品和服务；

作为国来讲，其意义是对外安全，对内提供公平与正义，那么它的内在记分牌就是其提供的安全，公平与正义；

而对国来讲，其组成部分为公共部门和私人部门，因此，要同时衡量公共部门内在计分器和私人部门内在计分器。

因此，投资重要的是：

1. 每一样东西的内在计分器是什么？
2. 如何衡量；
3. 如何操作。

107-On 家教 -10012018

从年龄角度讲，小孩子到成人是指年满 18 岁。18 岁之前都叫家教，极其艰难，因为小孩子在人类三性中被动物本能主导，而家教就意味着对动物本能的克制，向人性的发展，是底线教育，也正因为如此，全世界各国才有义务教育，而那个单词的本质是强制，

因此，家教很多程度上是剥夺（计划，即不得不的强制给予），而这会深深伤害与孩子之间的感情，

所以，
1. 是让孩子小时候恨你，30，40 岁以后爱你，还是幸福童年（人类真正拥有幸福生活是从真正成人开始的），是每个人自己的选择；
2. 是投资快乐还是消费快乐，是每个人的选择；
3. 是让孩子长大了有出息，还是小时候和你关系亲密，是每个人的选择。

有些人会选择往远了看，那个真正爱你的人，不见得天天在你身边，而哲学上，孩子总会独立，总会离开。

108-On 投资 VIII-12122017

1. 投资的定义是融入时代，极少数人能够引领时代。

2. 世界是开放随机不确定的。

3. 只有规则在未被证伪之前，随着时间坚定不移的前行。

因此，投资就是理解规则使用规则，这样就自动融入时代，而"投资"波动不叫投资，叫随波逐流。

只有死鱼随波逐流。

109-On F-12242018

哲学上，人类历史到现在，衍生出来的各种主义和制度配套，以及给制度配套的组织工具，其唯一的目的是应对"欺骗行为"，无论是针对整个时空，还是政府、市场、社会三部门。

110-On 奴隶社会 -12062019

奴隶消费低，因为奴隶收入低。

在初次分配中，劳动、土地、资本三者中，劳动分配比例太低。

而且奴隶没有财产性收入，即利息，地租，红利，

而土地，资本是不参与消费的，

这是奴隶社会以及奴隶经济发展模型必然崩溃的原因。

在奴隶社会要做奢侈品的生意，

因此，奴隶社会知本存量和资本存量都会随时间边际递减（不拥有时间），即短期是个债券，长期是个看跌期权。

111-On 中庸 –03142017

中庸，不是和稀泥，其本意是恰到好处。

而恰到好处，这意味着是定性的，不是定量的。

所以你不能用秤来称。

换句话说，你不能用量来处理公平，因为平等不等于公平，公平是定性的，不是定量的。

从历史的角度看，中庸就是胖尾，即所谓历史的公平性，即或者创造，或者纠偏。

而历史的定义是：富有意义的事件的集合体。

人生也如此，假如你问自己活到现在，有没有富有意义的事件，如果没有的话，那意味着你根本没活过，因为你没有历史。

112–On Business Model– 网红经济学 –06012019

网红经济学的理论依据是梅卡菲定律（Metcalfe's law），即网络效应的平方法则：网络价值 $=N^2$。其中 N 为粉丝数量。

而早期经济学或商业模板都是以量取胜，所以网红都特别在意粉丝数量，特别在意掉粉。

可惜的是，在现代文明中，过去的经济学等等的相应的东西过时了，而且，这里面更深层的原因是：

1. 人只能在自己的审美上限以下欣赏美，即人只能吸引本体审美上限以下的人，而既然要取悦某个层级的人，就不得不设计出比这个层级更低的角色。而且，因为文明是割裂的，分层的，所以一个高等级层级的审美上限吸引不到低等级层级的客户，道理类似于好书都小众。
2. 真正的大 V 不是由粉丝数量决定的，而是由粉丝质量决定的。
3. 肉体都是边际递减的，所以做网红是个边际递减的生意，是个没有"然后呢"的生意模板，而且靠卖束腰，补剂，蛋白粉的毛利又很低，一点都不经济。

4. 网红无论如何遮掩，都掩饰不住那种悲伤，那种空虚寂寞冷，因为只要是不得不取悦于人的，就一定悲伤，只要是边际递减的，就一定悲伤。每个网红都没法想象5年以后……

5. 网红这个模板容易模仿，竞争激烈，享受不到垄断带来的超额利润。

所以，本质上，这不叫网红经济学，这个生意模板叫网红不经济学，不仅不经济，而且对网红本身不公平，不仅生意上，心理上也是如此。

人间就是平台，酒吧、咖啡厅、微博都是。即使秀，也要选择秀能力、秀思想，秀那些不能模仿的（无法模仿的叫稀缺），秀那些积极向上的，秀那些对人们有用和有意义的。

而一旦你明白了这个，那就不叫秀了，而叫：

1. 做自己

2. 闪耀

113-On 投资 –06262018

哲学角度讲，

因为：

1. 市场经济的本质是开放随机不确定的；
2. 金融市场的本质也是开放随机不确定的；
3. 除了非理性下跌，经济体都是通胀的，即天然供小于求；
4. 股票本质上是经济的一种结果。

所以，股票上的大道理是：

1. 只要是市场经济本身，金融市场本身，的开放随机不确定的本质没有变，则股票都是上涨的，即，在迟疑震荡，多元等等情况下，缓步上行，即慢牛。当市场维持本质的情况下，大家都面对不确定，不敢上仓位的时候，反而市场是慢牛，不必担心。
2. 只要是一致性出现，市场就不是市场了，即会发生，或者一致性暴涨，或者一致性暴跌。

也就是说，股市一共会有 3 种情况：

1. 符合大道理的慢牛；

2. 不符合大道理的下跌，或者暴涨；
3. 长时间下跌，这意味着股市本身规则出了问题，即不符合大道理。

　　因此，投资的机会，就是符合大道理的慢牛，以及不符合大道理的下跌，以及长时间下跌。

114-On 有闲阶层 –06072019

很多人想当有闲阶层，很多人以为有了钱就能有闲。

实际上，

具备了正规的投资技能才是成为有闲阶级的前提，光有钱没有投资技能，那是"自韭"阶层。

而且，最有意思的是，具备了正规的投资技能还同时意味着不存在退休。

而且，还意味着永远有资格为你心中想要的世界投出自己的一票。

而且，还意味着一直在参与使世界变得更好。

而且，还意味着可以拥有时间，把它用在更重要的地方。

115–On 家教的本质 –08272018

1. 家教：家人给予的，以及自己持续学习，持续提高；
2. 本质：是使一个人的知本（思想，三观，意志品质）提高的行为。

简单说，即家教子女的本质是，使孩子的知本得到系统性的提高的过程。

116–On 童年 –06012019

童年和成年只能选一个。

从人生的时间跨度来讲，成年会更长。

童年和成年在时间跨度上的差距，无论从哲学上和经济学上，选择童年都是一件不明白的事。

作为父母，你是希望孩子小的时候打下坚实的基础，拥有独立自尊自信自强的人生，但要付出孩子或许不理解你甚至恨你到他的 30–40，还是希望他永远不长大，永远在你身边的爱你，一辈子活在童年，最后没有人生？

不同的人有不同的选择，不同的文明会有不同的选择。

不同的选择，就会有不同的结果。

作为个体，问问自己，你是处于从童年到成年的哪一步，而且最有意思的是，童年到成年，绝大多数都是顿悟的，一步 0 到 1。

人生是从不惑开始的，过六一儿童节的不是指年龄，比过四一愚人节的还要多。

从行为心理学讲，做动物做的事的，就是童年，

比如，

当你从众、服从权威、取悦于人，show 不开心、show 酷、炫富、自怨自艾、show 空虚寂寞冷……

这些都是童年小孩子的所作所为。

比如，

你要是拿发型当回事，你就没几天开心；你要是拿长相当回事，你就没一天开心。

这世界上的每个人都主动被动的喜欢成人，没人真对小孩子感兴趣。

没人真对童年感兴趣，对拥有一个幸福的童年感兴趣，人类只对拥有一个有意义的人生感兴趣。

而童年到成人，是拥有人生的起点，

拥有人生是成人的特权，和小孩子没什么关系。

即使从税的角度讲，当政府增税的时候，政府购买的东西会通胀，而私人部门尤其是家庭部门相关的东西价格会下降（因为钱少了）；

而当政府降税的时候，东西价格的变化就会相反。

就会体现为，PPI 通缩，CPI 通胀。

118–On 家 –12262019

家，是一个人或者互相愿意、或者不得不共同经历时间的一个空间。

即，空间的意义是时间，为时间服务，（这点可以演绎出星巴克类的生意模板）。

除了时间外，家里空间最重要，其他家具等所有的一起，都要以空间为规则，不要留多余（这点可以演绎出设计的意义，无论是家居设计，还是服装，还是投资标的物，还是比如一年一件事……）。

拔高一层，
存在一个时间，两个空间（各有各的隐私，独立子空间）；
不存在一个空间两个时间（这是分手，子女宁愿自己租条件再差的房也不愿意和父母住的道理）。

比如，
为什么帝国一定会失败？
为什么城市文明独处的人多？

119-On 创造 –11112019

创造，即使用规则，包括并不限于人生，投资，移民……

创造过程同时包括舍弃和冒险，

即

1. 排除法 & 方向法，即有无和方向。
2. 投资长线 & 一次做一件事 & 用看涨期权的方式。

120-On 成熟 -10272015

成熟是个减法的过程。

成熟和腐朽只差一步。

花朵最美丽的时候是含苞待放，真正花开了，就只能花谢了。

成熟是一件困难的事，因为很难把握其中的度。果子熟透了，就很容易腐烂。

开放系统，试错前行，就是永不花开，永远犯错，永远年轻，叫成熟。

封闭系统，就是生下来就死了，叫腐朽。

从社会角度讲，开放系统，能够保持全社会各阶层的横向、纵向流动，整个社会充满活力。而封闭系统，全社会各阶层凝固，无法流动，这个社会僵化、死气沉沉。更严重的，人员不能自由迁徙，职业是终身的，你爸是木匠，你也是木匠，一辈子木匠。

撒切尔的父亲是木匠，耶稣的父亲也是。

有句英文叫："You can not improve your past, but you can do your future"（人没法改变过去，但是可以创造未来）。

而对封闭系统来说，你既不能改变你的过去，又无法改变你的未来，换句话说，这叫生不如死。

有的人40岁就死了，80岁才埋。这个不叫成熟，这个叫腐朽。

成熟不是指好身材，而是指获得好身材的方法，成熟是个系统，而只有开放的系统，才会是成熟的。

以下来说减法。

阿甘说："我不觉得人的心智成熟是越来越宽容涵盖，什么都可以接受。相反，我觉得那应该是一个逐渐剔除的过程，知道自己最重要的是什么，知道不重要的东西是什么。而后，做一个简单的人"。

布什说："最重要的是自己把自己最擅长的事情做好"。

乔布斯说："聚焦"。

梅丽尔.斯特里普说："对某些事我不再有耐性，不是因为我变得骄傲，只是我的生命到了一个阶段，我不想再浪费时间在一些让我感到不愉快或是伤害我的事情上。对于愤世嫉俗，过度批判，与任何形式的要求，我没有耐性。我不愿去取悦不喜欢我的人，或去爱不爱我的人，或对那些不想对我微笑的人去微笑"。

罗琳在哈佛大学毕业演讲中说："生活就像故事。失败可以帮助你剥离不重要的东西。保持无上的想象力，你会发现你内心的力量足于改变外部世界"。

没人能天生就成熟，成熟是在原则和流程坚如磐石的前提下通过试错前行得到的。

从某种角度讲，你怎么对待失败，可以看出你的成熟程度。

奥普拉说："这个世界上没有失败，只不过是换个方向"。

乔丹说："我一辈子投丢过很多球"。

成熟是指思想，而不是岁月。

成熟是个减法的过程。

121-On 体检 –11052019

要定期体检，即使体检结果不好，定期体检本身也是好的，而且根本不存在坏的体检结果。

明白了这个，你在投资上、人生上，就明白了。

就明白一件事情的好坏，看规则，看世界观，不是结果。

类似，衡量基金经理根本不看 ROE，一点用没有，看企业好坏，也一样，要一眼看穿。

122–On 婚姻 –10062018

人生是由计划之外的事情组成的。

婚姻是个稳态，而稳态是人类历史的非常态。

国家的演变从低到高为：权势国家，宪政法治国家，文明国家。
人的演变也一样，沿着德拉肯 – 马斯洛 从低到高，即人类三性中，从动物性，到人性，到神性。

地缘政治理论适用于权势国家阶段，所以在互联网时代，突然发现捉襟见肘，因为过时了。

回到婚姻，在权势国家阶段，婚姻代表着利益，女人是个资产，她自己什么也不能决定。比如现在的某些宗教下的时空还是如此，从这个角度讲也说明了，这个世界上最大的风险是不同时代的人生活同一个时间里，整个思想上分崩离析，支离破碎。

在制度国家阶段，女子已经从资产变成了独立的个体，绝大部分，所以男女双方就签个合同，互相确认责权利，类似成立了一个公司，双方都是股东，或者合作伙伴，只不过有的人是有限合伙，有的人是总合伙，并受到公司法"婚姻法"的保护。

在新时代以及以后，从经济层面，或者是平台，或者是自己，那么婚姻会逐渐的发现或者诠释自己的本质含义——即两个独立的个体，情投意合，在互相给与选择的权利的基础上，选择生活在一起，即选择权。

从这个角度讲，是否婚姻和是否签订契约毫无关系，换句话说，你能理解比特币，就应该理解同居。

而且，因为每个个体受法律的保护，而不是受婚姻法的约束，因此随着人类社会的发展，文明程度的不断提高，独立个体的同居行为会成为常态和主流，至于不愿意在一起，而另一方强迫，则属于法律解决的问题，法治程度越高，文明程度越高的地方，解决得越好。

123–On 演绎的能力 –07122018

假如房价收入比高不可持续不理解，

那么从资产配置原则讲，家庭固定化收益要应对固定化支出，不能挪用，这个好理解，

因此，房价收入比高，意味着家庭单元的产出的固定化收益无法应对固定化支出。

这个哲学角度讲叫挪用，

从资产配置的第一脚就走偏了。

124–On Inventory–07102017

库存有三种意义，所以分三种库存：

1. 规模效应图便宜；
2. 缓冲应对不确定性；
3. 赌博。

125-On 平台类 III-09282019

平台类的商业模板都要思考两层：

1. 所在时空的公共产品供给；
2. 企业本身的公共产品供给。

因为，平台类卖的就是公共产品供给。

而涉及公共产品供给类的，其定性标准是其文明函数，即能够解决欺骗行为，而欺骗行为主要并不限于三个：

1. 公共产品供给占用（搭便车）；
2. 故意伤害（偷窃／抢劫 ….）;
3. 负的外部性。

因此，

1. 有的时空本体公共产品供给水平高，但其企业本体无法解决欺骗行为，从而慢慢消亡；
2. 有的时空本体公共产品供给水平低，则无论企业本体如何，最终也会消亡；
3. 有的平台类企业本体就是欺骗行为。

126-On Soul-Searching-11192016

Soul-Searching，即自省，且是深度自省，灵魂深处的自省，对人生意义的自省。

到了一定岁月要停下想一想，等自己的灵魂追上来。

达里奥有做静思的习惯，每天一小时，从某种角度讲，是时时刻刻都在自省，和有的人每天读书、跑步一个道理。因为你得时时刻刻保证你是你自己。

鸡汤解决不了灵魂问题，因为鸡汤本身没有意义，道理同快乐。很多喜剧大师越到了一定高度，越不快乐，为什么？

因为开始的时候，他们认为他们的工作是给世界带来快乐，是有意义的，但后来发现，快乐本身没有意义，所以他们的工作本身没有意义，所以就越来越不快乐，比如威廉姆斯·金凯瑞……或者其作品慢慢脱离了为了快乐而快乐，而赋予了其更深层次的意义，而从观众角度讲号称转型。比如周星驰最好的几部片子是《大话西游》《唐伯虎》，但是一开始并不叫座，只是越来越叫座而已。

越是文明程度高的人越容易这样，因为脱离了低级快乐，比如衣食住行，吃喝玩乐后，从物质到精神上，需要一个跨越，但是"仓廪实而知礼节"好像并不有效，因为一个蠢货，有了钱，只不过是个有钱的蠢货。量变就是量变，物质和灵魂是两回事，拿钱是买不到思想，你得自己努力挣。

有个德国的哲学家说过，当人类开始思考的时候，就得病了。

当脱离了低级趣味的时候，就不快乐了，因为从物质到精神，从低级到高级，不是水到渠成的，而是不同的位面，不是什么人都能从拼便宜到拼好的。

是非常稀少的。

类似看山是山：所有人；
看山不是山：20% 所有人；
上山：20%*20% 所有人；
留在山下：80%*20% 所有人；
看山又是山：20%*20%*20%* 所有人（下山了），还有80%*20%*20% 所有人留在了山上。
所以要学会用分布的眼光看世界。

自省是指上山的这些人即，4%* 所有人，这篇文章是为了帮助这些人能够提高到，看山又是山，即，0.8%* 所有人的概率的。

如何自省：

1. 时间预算，你要准备花多长时间，6 个月还是 1 年；

2. 你要找到自己的优缺点——《优势识别器》；

3. 完成一件有意义的事情（比如弗兰克尔先生说过，意义来自于三者：1.创造；2.经历；3.面对逆境的态度（比如跑个马拉松，读 100 本书，去五大洲旅行，拿个学位，写本书，做义工，等等），

总之，深度自省是一件自己的事情，你只能孤独的自己寻找，而只有在孤独的情况下，你才有可能先把灵魂中的垃圾清空，就像收拾房间，把该扔的都扔了，你才知道真正重要的是什么，你真正想要的是什么。

在这个过程中，

如果你的运气好，你会"得道"，就不惑了，知道你这辈子该怎么活了，你找到了最起码未来 10 年的意义。

如果你的运气不好，你没"得道"，最起码你跑了个马拉松（身体强壮，身材漂亮），读了 100 本书（知本提高），旅行看到了天下见多识广了，或者拿了个学位了。

所以，无论如何，你都只赚不赔，而你付出的有限，得到是无限的。

自省是个买入自己的看涨期权，即投资自己，且终身有益。

或者买成长类，无所谓价格，反正是指数级增长；

或者买债券类，非理性下跌时候建仓，也会指数级增长；

或者买垃圾债，也会指数级增长。

这三者的本质其实都是看涨期权，只有期权才会有指数级增长。

128-On 21 点 –04222018

一件事哲学上想不明白，就想不明白。

伟人是指做了伟大事情的人，不是有伟大成就的人，因为伟大事情是自己说了算，伟大成就是运气说了算。

普通人的定义是一辈子努力再不当普通人的人，而不是一辈子混吃等死甘愿普通的人。

投资也一样，因为这是一件确定性输入，不确定性输出的事情。

伟大的投资人是指做了正确事情的人，不是挣了多少钱的人，那是运气。只不过，如果你做了正确的事情，长线看，收益大概率高一点点。

无论在哪里，金融市场绝大部分还是从众的，而从众属于动物本能，对人来说，就是未成年人，做一件事，成人总比未成年人有一些优势，仅此而已。

所以，投资一定不要早死，即最好用期权类的方式方法。

比如 VC，类似于同时买入 10 个项目的看涨期权，一个 IPO 就成功了，而对于每个人来说，资金量总有限，所以不要从空间分布上同时投资很多标的物，而是要在时间上下功夫，一年投一回，连投三十年，不就得了。

即，在不惑前，在基础知识 & 演绎的前提下，通过不断试错发现自己到底擅长什么，不惑后，把自己擅长的事情做好，

一个意思。

因为这样，死前没遗憾，死前有故事。

案例：

21 点这个游戏里有 3 帮人，规则制定者维护者，庄家和普通人。

其中：
1. 庄家是那种含着金钥匙出生的人；
2. 普通人就是普通人。

规则是：
1. 游戏是 21 点；
2. 庄家是把把 20 点；
3. 普通人什么点位都可以出。

当然，大家会认为这个规则太不公平了，问题是在成人的世界里没有公平，而且，当你知道规则是不公平的时候规则反而就公平了。

在这个规则下，作为普通人的最优选择是什么？

因为作为普通人有机会出 21 点，所以，最优选择是，在自己的固定化收益能够应对自己的固定化支出后，剩余的一年投一次，连投三十年吧？

129-On 投资 & 投机 –06122018

市场经济是用钱投票，无论投资还是投机都是，只不过，

投资是投给规则 + 时间，投机是投给对手盘和大家。

130–On 大家 –11192019

不爱学习，又想赚钱，

但是，哲学角度讲，投资自己要放在投资其它之前；

不想承担风险，又想赚钱，

但是，哲学角度讲，没有风险，没有收益。

不要在流动性泛滥的时候买股票，因为买的不如卖的精（微观制胜，行业内杀行业外）；

要在流动性崩塌，信心崩塌的时候买股票，因为卖方要拿多少换有无 / 断臂求生（宏观制胜，格局杀专业）。

总之，

越是行业内的，越不得不犯小聪明的错误，看不见更高更远。

132-On 向心力 –07092017

团队和集体是两回事，外表是一样的。

不能拿事实解释事实。

团队的向心力，是指目标，方法，纪律，是制度；

集体的向心力，是指领袖，是运气。

133–On 人类三性 &Bipolar，Tripolar.....–Draft–1125

动物的行为之前是本能；

人类的行为之前是本能和思想。

极少数人则发展出三性，所以这些人的行为之前或是本能，或是思想，或是爱类（比如创造……）。

而有一个 Consequence 是：多重人格。

因为，人类三性本身这个特点就意味着多重人格。

所以，独处的人，或是野兽，或是神灵。

所以，在世人（只有二性）眼中，所谓的伟人的私生活也会很不堪，大多很不堪，

所以，

一个人的公德和私德是两回事。

书的价值，不在于纸墨，不在于字写的好看不好看，更不在于书皮；

不在于是电子版还是纸质版，不在于出版商出版的，还是自己印的；

不在于作者名气学历等等资源禀赋。

随着谷歌，脸书，微博等的出现，甚至都不在于知识了（比如工具书、字典等等）。

而在于，

知道和思想。

而在这两者中，

在于思想。

比如，

1．听君一席话，胜读十年书，不在于君，而在于君的话（思想），一句话买十年时间这生意干不干？
2．让一个人判若两人的是思想（不惑）。

而这思想，在这世间，是可遇不可求的。

我给书评级的时候，没有思想的，没有给予我想象的，激发我的灵感的，一律得不到 A。

你读书的时候，读的是思想，而只有思想，才当的起伟大；

你读书的时候，读的可不是运气。

135-On 方向和杠杆 –11102019

在方向上不能上杠杆，即使方向是确定的，

因为，

只要所谓方向是确定的，过程一定是跌宕起伏的，上杠杆会失败在路上，

所以，

要想在确定的方向上挣大钱，

只能用看涨期权的方式，不能用期货的方式。

136-On 学费 –02192018

第一层级：沉没成本——钱；

第二层级：机会成本——上学所放弃的，比如权力，职位……

最高层级：没去上学所放弃的。

137-On 投资 VIIII-12052019

1. 世界是开放随机不确定的;

2. 如果方向对了,过程恰恰就会曲折,如果上杠杆,就会失败在路上;

3. 不重仓,不挣钱;

4. 人不可能对自己不信的东西重仓。

所以投资要用期权或者现货的方式重仓,用一切可以应对波动的方式重仓。

138-On 苟且和远方 –06202016

有的人一日三餐是为了远方，有的人工作是为了苟且。

而苟且的人没有远方。

计划经济的哲学基础是归纳法，市场经济是演绎法，

简单说：计划经济认为过去能预测未来。

以奥运会项目链球为例三面是墙，一面是方向，无论运动员绕多少圈，目的是为了扔出去，

从演绎法出发的人做研究的步骤是：

1. 看逻辑（即把这个东西弄清楚其本质到底是怎么一回事）；
2. 明确方向；
3. 不做和方向相悖的事情；
4. 长线坚守。

从归纳法出发点人做研究的步骤是：

1. 收集数据；

2. 建模；

3. 回归；

4. 去掉 Outlier（小概率）；

5. 发现规律；

6. 用过去预测未来，即回归。

为什么链球这个例子好呢？因为，

从归纳法角度看，在直角坐标系中，99.99% 的时间，其 99.99% 的分布是个环形的苟且，只有万分之一在远方。所以量化一下，低买高卖，可以不亦乐乎。从钟型分布来看，那 0.01% 完全可以忽略不计，即万分之一的远方是可以忽略不计的。

从演绎法的角度看，恰恰 99.99% 环形的苟且，目的是为了那万分之一的远方。

所以所得是：

1. 同样的世界，同样的数据，建立在不同哲学基础上的方法，其结论完全不同，即事实从来不能说明事实；

2. 人类社会中量变到质变有的时候是不合适的；

3. 众意不等于公意，因为在这个案例里，类似于全社会 99.99% 的人投票 A，只有 0.01% 的人投票 B，但是恰恰，只有那少数 B 是正确的，即数量和真理无关；

4. 教育是一个文明的基石，有能力识别好坏的人数占全社会绝大多数，整个文明才会正规且前行；

5，人活着，必须 Make a difference（与众不同），最起码要有能力独立思考，有勇气独立思考；

6，重要的是对错，不是谁说；

7，在人类社会相信归纳法等于把命运交给别人；

8，这个例子尤其能够用来解惑"看山不是山"。在山下，很多时候会发生 99.99% 的人与你都不一样的情况，和你在山上学到的基础知识、基础逻辑完全不同，人很容易就迷失了，而 80% 的人最终都会随波逐流，只有 20% 的人或者是运气，或者是天赋，没有被市场裹挟。而这 20% 里的 20% 呢，愿意割舍掉机会成本，选择上山，而这 20% 里的 80% 呢，就抑郁地活在山下，越活越抑郁。然后上了山的 20% 里又有 20% 的人最终有机缘明白了，顿悟了，又下山了。所以到最后"看山还是山"只有 $0.2 \times 0.2 \times 0.2$ 的人，即这个市场里真正的赚钱的人。

这个结果和塔勒布的观点不谋而合。所以当经历"看山不是山"这个阶段的时候，想有所成到下个阶段的唯一的路是——上山，因为山即规则。因为最终 99.99% 会向那 0.01% 屈服。而是否能够顿悟，那就靠运气了，但是不上山，是永远不可能顿悟的。

139-On 人生 –04212019

活的有意义是拿时间投资，活的浪费是指拿时间消费。

拿读报举例，

一上来上帝给你安排了两份报纸，

如果你掌握了基础知识＆演绎能力，掌握了学习本身的能力，你第一件事就是排除法，瞬间 60％ 就砍了，这意味着即使你的命运一上来被别人计划了，你也能通过自己的努力，第一步就改变了其中的 60％，而且一辈子 60％ 的时间也节省出来了。

这就是正规基础知识＆演绎能力，也就是通识教育对人类的重要性和意义。

140-On 电商 –08012019

电商不是轻资产模式，

因为，真正的电商的本质是：

1. 线上线下体验的一致性；
2. 仓储物流是必须的保证，所以必须自备，核心竞争力绝不能外包；
3. 线上的东西，无论商品大数据还是金融最终的体现和体验都需要线下直接到每个个体，这也是 Amazon.cn 图书退出的道理；
4. 最接地气的说法——信守诺言怎能依靠别人。

To be continued…….